文春文庫

ご隠居さん

野口卓

ご隠居さん・目次

ご隠居さん

この作品は文春文庫のために書き下ろされたものです。

三猿《さんえん》の人

一

神田松永町の太物商「和泉屋《いずみ》」、その勝手口から出て来たみすぼらしい身なりの老人に、少女と言ったほうがよさそうな若い女が声を掛けた。

「おんや、じっちゃは」

声を掛けてから、ふしぎでならぬという顔で和泉屋のほうを見る。

老爺は眩しさのせいか、それとも目に少し衰えが来ているのか、顔をしかめて商家の下女らしき女の顔を見た。鉢巻にしていた手拭を解いて、額や首筋の汗を拭いていたが、やがて笑顔になった。

「あんたはたしか、双葉屋《ふたば》のお竹さんだったかな」

「あんれ、一遍か会ってねえだのに、おらの名ぁ覚えてくれてたかね。それも半年もめえだったってのに」

「可愛らしい娘さんの名は、一度聞いたら忘れられるものではないからね」

「見え透いた世辞は、言わねえもんだよ」

ぶつまねをしながら、竹と呼ばれた若い女は、ふたたび店の勝手口にくりくりした目をやった。その不躾《ぶしつけ》さを怒りもしないで老爺は言う。

「わしのような身装《なり》のじじいが、大店《おおだな》の和泉屋さんから出てきたのが、信じられんようだの、お竹さんは」

「お店の奥さまが、あ、和泉屋さんではのうて、うちの奥さまが、そろそろ鏡磨《と》ぎの……ええと、なんて名だったたっけか」

「梟助だが」

「ああ、そうだった。奥さまが呼んでたっけね、キョウスケさんって。で、キョウスケって、どんな字を書くのけ」

言ってわかるとは思えなかったが、梟助は問われたことには、相手が子供であろうと下女であろうと、ちゃんと答える。

「キョウはな、梟《ふくろう》という字を書くのだよ」

「フクロウって、ホーホーって啼《な》く、あの、フクロウけ」

「そうだ。ぼろすけホーホー、ぼろ着てホーホーと啼く梟だよ」と、老爺は継ぎ接《は》ぎだらけの着物に目をやった。「じいにぴったりだろう」

打ち消さないで竹は続けた。

「で、スケは」

「助平のスケだ」

竹はプッとちいさく吹いた。

「この齢《とし》で助平もないがな」

「いけね」と竹は梟助じいさんの手を取ると、引っ張るようにしながら歩き始めた。「奥さまが待ってるだから」

手を引かれながら竹について行くのだが、はてこの下女は何歳だろうと梟助は思った。

子供のような日向《ひなた》っぽい、埃っぽい匂いではないが、といって女の匂いはしない。まだ、月のものを見ていないようだ。とすると十二か、せいぜい三で、四にはならないだろう。

「なに、にやにやしてるだね」

「なんでこんなむさいじいさんが、和泉屋さんのような大店に出入りできるのかと、ふしぎでならんらしいな、お竹さんは」と、下女への詮索《せんさく》はやめ、竹が疑問に思っているだろう話題に切り替えた。「ははは、隠さなくてもいいのだよ。顔にそう書いてある」

竹は梟助の手を取ったのとは反対の左手で、あわてて顔をつるりと撫でた。

奉公を始めて三月《み》か四月《よ》、齢は十二だろう。と梟助は見当を付けたが、じいさんの勘はまず外れない。

「それは双葉屋さん、お竹さんの奉公先だがね。双葉屋の奥さまが、じいを贔屓《ひいき》にしてくださるのとおなじだよ」

「おらっちの奥さまと、いっしょけ？」

「信用という言葉はわかるかな」

「うん」

その返辞の仕方で、大体わかってはいるが自信をもって答えられるほどではない、とじいさんは読み取る。

「そうだ。商人《あきんど》やお職人にとって、いや人にとってと言ったほうがいいけれど、一番大事なのが信用だよ。梟助じいさんなら安心できる。あの人なら大丈夫だと、信用してくれているから出入りさせてもらえるのだ」

「どして、信用してもらえるだね」

「三猿《さんえん》と言っても、お竹さんにはわからんわな。見ざる、聞かざる、言わざる、だったら知っているだろう」

竹はちいさな両手で、目、耳、口を順に押えた。

下女が手を離したので、梟助は右腕で提げていた袋を左腕に持ち替えた。鏡磨ぎ道具一式を入れた、継ぎ接ぎだらけの袋である。さほど重いものではないが、近頃は少し堪《こた》えるようになった。

竹は右側に廻ると、梟助の右手を握った。

「ほほう、たいしたもんだな、お竹さんは。ざると濁ってはいるけれど、さるが三つならんでいる。猿はエテ公《こう》とかエン猴《こう》ともいうのでな、それが三つ並ぶので三猿というのだ」

「三猿が、なんで信用してもらえるだね」

頭は悪くないようだ。こんな子供が味方になると心強いが、嫌われると厄介である。

子供は難しい。どこで、だれに、なにを言うかわからないからだ。

悪意からでなく、感じたことを正直に言ったために、誤解を生むこともある。だから大人に対するよりも、よほど気を付けなくてはならなかった。

「どんな家《うち》にもお店にも、知られては困ることがかならずある」

うんうんとうなずきながら、目玉をしきりと動かしているのは、奉公先の双葉屋にも思い当たることがあるからだろう。

「鏡磨ぎをしていると、そんなことを見たり聞いたりする。知られていいことも悪いことも、目に入るし耳に入る。ほかに行っても、じいは絶対に喋らない。だから見ざる、言わざる、聞かざるの三猿で、だれにも信用されるのだよ。わかるだろう、お竹さん」

話し終えたところで、双葉屋の勝手口に着いた。

格子戸を開けて梟助を引き入れると、竹は呶鳴《どな》った。

「鏡磨ぎの梟助さんを連れて来ただよ」

「お連れしました、でしょ。何度言ったらわかるの、竹は」

下女を叱りながら出て来た奥さまは、「待っていましたよ」と梟助に満面の笑みを浮かべた。

待っていたにしては扱いが粗略で、洗足盥《すすぎだらい》も用意しない。

板の間や広縁などで作業させる家や店もあるが、鏡磨ぎ師を座敷にあげることはまずなくて、普通は勝手口の近くや土間の片隅などで仕事をさせる。磨ぎ終わりましたと声を掛けるまで、ほったらかしにされるのが普通だ。鏡磨ぎには茶も出ない。咽喉《のど》が渇けば、土間の水瓶《みずがめ》から自分で汲んで飲むのである。

屑屋などとおなじで、居てもだれも注意しない。卑賤《ひせん》な仕事だとしか見ていない。

ところが梟助じいさんは例外であった。だれもまともに扱ってくれない仕事なのに、なぜか特別扱いしてくれる人がけっこういる。双葉屋の奥さまもそんな一人だ。

「庭に廻ってちょうだい」

梟助にそう言うと、奥さまは竹になにかを命じたようであった。

二

「実はね、梟助さん」と奥さまが言う。「今日は土用の丑《うし》の日だから、梟助さんに鰻の蒲焼をご馳走しようと思って、註文させたのよ」

竹に言っていたのがそれらしい。

「あっしのような者にまで、奥さまには、いつも気を使っていただいて、本当に申し訳ありやせん」

「ねえ、土用の丑の日に、なぜ鰻を食べるようになったのか、物識《ものし》りの梟助さんならご存じでしょう」

「土用は立春、立夏、立秋、立冬のまえの十八日間を指します。なぜ、夏の土用の日にだけ鰻を食べるのですかね」

「それは、汗も掻くし、疲れが溜まるから、精をつけなくっちゃ」

「奥さま、ご存じじゃないですか」

「梟助じいさんにも身に覚えがあるでしょ。若いころは女を泣かせたんじゃないの。じいさんになってからだって、いい男だもの」

「泣かせたと言っても、あっしなんぞは、たった二人だけですがね」

「あら、まあ。初めて聞いたわ」

奥さまは横目で見ながら、右手の甲を唇に当てた。妙に艶《なま》めかしく、色っぽい。

冗談にしろ、「急に色っぽくなりやしたね。いい人ができたんじゃありやせんか」などとは決して言わない。どこかでわたしのことを噂しているのではないかしらと警戒され、距離ができてしまうからである。

それにしても色っぽい。

御主人に死なれて、ほどなく三年になるのか、と梟助は胸の内で計算した。後家と呼び名が変わるだけで、女の魅力が増すように思うのは、弱くて不安定に、儚《はかな》く見えるせいかもしれない。なんとかしてあげなければ、との気持が働くからだろうか。

笑い話に、「後家はいいなあ、女らしくて、色っぽくて。おれの嬶《かかあ》も早く後家にしてえや」というのがある。案外と男の愚かさの本質を表しているのかもしれない。

とすると後家という言葉には、女というものにそっと紗《しゃ》をかけて、はっきりと見えなくするような効能があるのかもしれないな、とじいさんは思った。

縁側には表面がくすんで映らなくなった鏡が並べられ、そのまえの庭には茣蓙《ござ》が敷かれている。

たいていの家は磨ぎ終わるまでほったらかしだが、双葉屋の奥さまはよほど忙しくないかぎり、縁側に坐ってじいさんの話に耳を傾けた。

近頃なにかおもしろいことがありましたか、とか、両国広小路にちょっと珍しい見世物がかかったようだけど、見ましたか、などと水を向けることが多かった。

梟助は汚い袋から、鏡磨ぎに必要な道具を取り出して並べる。

汚れや曇り方の度合いによって異なるが、錆《さび》てしまった場合は、鑢《やすり》で表面をごくわずかではあるが削る。さらに砥石《といし》や極めて微細な仕上げ砥石、朴炭《ほおずみ》で磨ぎあげるのである。

そして、柘榴《ざくろ》、酢漿草《かたばみ》、梅などの酸を出す植物で油性の汚れを除き、錫《すず》と水銀の合金を塗って簡易な鍍金《メッキ》を施した。

「そのお二人のことを伺いたいわ」

梟助が仕事に必要なあれこれを、袋から出し終わるのを待っていたように、奥さまが言った。

「お二人、と申しますと」

「決まっているでしょ。梟助さんが泣かせた女性《にょしょう》ですよ、お・ん・な・の・ひ・と」

「よしにしましょう。なぜって、がっかりなさるか、腹を立てなさるか」

「聞かないことには、わからないじゃありませんか」

梟助は困惑顔になり、しかし内心では苦笑しながら、縁側の鏡の一番おおきなのを取った。径が八寸（二十四センチメートル強）の柄《え》鏡だ。

鏡は二面一組で用いる。鏡台に置いて固定して用いる主鏡《おも》と、後頭部を映す合わせ鏡であった。定寸は主鏡が八寸で合わせ鏡が六寸（十八センチメートル強）となっている。あとは外出用の懐中鏡で、普通の女性はこの三点を持っていた。

しかし定寸の二枚組は高価なので、めったにお目に掛かれない。たいていは、少し小さい鏡である。梟助じいさんはひと目見れば値段の見当が付くが、当然それについて洩らすことはなかった。

「おおきなのから磨《みが》くのね」

「磨くのではなく、磨ぐのです。だから鏡磨ぎなのですよ。ご覧になって感じられる以上に、力を使うものでしてね。若いときはそうでもなかったですが、この齢ですから、おおきいのをあとにしますと、うまく磨げないことがあります。鏡の面《おも》が真っ平《たいら》になりませんと、せっかくのきれいなお顔が歪んでしまいますから」

「そのほうがいい人もいるけどね」

奥さまが横を向いて小声で言ったので、それをいいことに、梟助は聞こえない振りをした。

「どうしても話したくないようね」

「なんのお話でしょう」

「二人の女の人に決まっているでしょ」

「困りましたな」

「いいわよ、話してくれないなら、次からちがう人にたのむから」

「しがない鏡磨ぎのじじいを、いじめないでください」

「だって、強情張るんだもの。こっちだって意地になるわよ」

「では、申します。わたしのために泣いた二人の女」と、梟助はそこで間を置いた。「それはお袋と女房でしてね。ともに亡くなりましたが」

「またはぐらかされちゃった。いつもこうだから、梟助じいさんには敵《かな》わない」

しかし奥さまは怒らなかったし、それ以上しつこく訊こうとはしなかった。

茣蓙の上に板を置くと、梟助は布を敷いて鏡を置いた。

縁側に坐った奥さまは、むだを感じさせない梟助の熟練の技に見入っている。

「いつ見ても惚れ惚れするわね」

「ありがとう存じます。ただ、長年やっているだけのことですがね」

答えながら梟助は、お袋と女房というのはいつかどこかで使っていなかっただろうか、と記憶の襞《ひだ》の奥を探ったが、思い出せなかった。

おなじ話題をおなじ人に繰り返さないようにしないと、相手がダレてしまう、と自戒するのを忘れない。

「土用は春夏秋冬《はるなつあきふゆ》にそれぞれ十八日」と奥さまは、さきほど梟助の言ったことを繰り返した。「その丑の日に鰻を食べる」

「はい」

「丑は十二支の一つです」

「仰せのとおりで」

「子《ね》丑《うし》寅《とら》卯《う》辰《たつ》巳《み》午《うま》未《ひつじ》申《さる》酉《とり》戌《いぬ》亥《い》で十二支」

「でございますな」

「土用が十八日だと、丑の日が二回ある年ができますね」

「さすが奥さまは鋭いです。その場合は最初を一の丑、二度目を二の丑と呼ぶそうでしてね」

「その年には、どちらの日に鰻を食べるのかしら」

「難しい問いですが、申しましょう。二回とも食べます」

「両方ですか」

「はい。一の丑の日に食べて、十二日後の二の丑の日にもう一度食べます」と、きっぱりと梟助は言った。「讃岐国《さぬきのくに》に平賀源内と言う、偉い学者先生がいらしたそうです」

「弘法大師空海という偉いお坊さまも、讃岐じゃなかったかしら」

「よっく、ご存じで」

「讃岐には偉い人が多いのかしらね。それでその平賀」

「源内先生は知恵のあるお方だと聞いて、夏に売れない鰻をなんとか売る方法はないだろうかと、相談に行った鰻屋がいたそうです」

「いい知恵を借りることができたのかしら」

「さすがは源内先生、本日丑の日と書いて店先に貼ることを勧めたそうです。すると、その鰻屋は大変繁盛したそうでしてね。ほかの鰻屋もそれを真似るようになって、土用の丑の日に鰻を食べる慣わしができたと言うんですが」

「それは知らなかったけれど、土用の丑の日になると、鰻を食べなくっちゃ、と思いますもの」

「もともと、丑の日に『う』の字が付く物を食べると、夏負けしないとの言い伝えがあったそうです。梅酢、饂飩《うどん》、それに鰻ですね。鰯《いわし》の頭も信心から、の類《たぐい》ではないですかね」

話しているうちに思い出したらしく、梟助じいさんは続けた。

「平仮名の『うし』を筆で書くと、二匹の鰻に見えるからだとも言いますね」

「それで丑の日に鰻を食べるのね。おもしろい」

「夏だけでなく寒中もおなじです。土用の丑の日に鰻を食べるそうですが、脂が乗っておいしいそうですよ」

「いつもふしぎでならないのだけど、梟助さんはどうしてそう物識りなの」

「物識りなんかじゃありません。ただ、あちこちでお話を伺っておもしろいなと思うと、ふしぎと覚えてるものでしてね」

「梟助さんが話すのではなくて、聞き役のこともあるのね」

「じいは、そんなにお喋りですかな。相槌を打つくらいで、話を聞くだけのこともけっこうありますよ」

「へえ、そうなの」

「ですから、どうでもいいようなことばかり詰まって、頭が一杯だから、大事なことの入る余地がない。それでいい齢《とし》して、しがない鏡磨ぎ師なんぞをしてるんでしょう」

三

「蒲焼はね、註文を受けてから鰻を選ぶそうですよ。それから裂いて、串打ちして、白焼きにして、蒸して、ようやく付け焼きですものね。註文しても届くまでに間があるから、それで蒲焼をたのんだの」

「それはまた、どうしてでございますか」

「届くまで、梟助さんの楽しいお話が聞けるでしょ」

「計略でしたか。まいりましたな。ですが、奥さまには、そんなことしていただかなくても、ご所望ならいくらでもお話ししますですよ」

「そうは言うけど、待っていてもなかなか来てくれないのだもの」

「この梟助を待っていてくださる」

「そうよ」

「女房が生きてりゃ自慢して、焼餅を焼かせてやるところですがね。……おや、どうなさいました」

「驚いているのよ。驚いたの。今、それも急に」

「なにか、変なこと言いましたか、この年寄りが」

「いつも楽しい話、おもしろい話を聞かせてもらって、梟助さんのこと、いつの間にかわかってるつもりになっていたけれど、なにも知らなかったのだわ」

奥さまは梟助が磨ぎあげた鏡の一枚を手にすると、そこに自分の顔を映していたが、やがて映った自分に語り掛けでもするようにつぶやいた。

「梟助さんという名前、鏡磨ぎという今の仕事、物識りだということ、落語が好きだということ」と、鏡をそっと置いた。「奥さんとお母さんが、お亡くなりということを今日知った。それで全部なの」

「それは、あっしのことなど、知るほどの値打ちがないからですよ」

「生まれたお国はどこなのか。どこに住んでいるのか。お子さんはいるのかいないのか。いるなら何人なのか。お孫さんは」

「鏡磨ぎ。カガミ・トギー。ピッカピカに磨ぎます磨きます。いくら自慢のお顔でも、鏡が曇れば映りません」

「ああ、驚いた。急におおきな声を出すんだもの」

「すいやせん。ちいさいと聞こえませんのでね。呼び声はつい、おおきくなってしまいますんで。……あっしが奥さまに初めて声を掛けていただいたのは、その呼び声で町を流しているときでした」

「そうだったわね」

「註文をいただいて。あのときの奥さまの言葉は、今でも覚えてますよ。うれしかったなあ。こうおっしゃった。鏡屋さん、さっきの呼び声はだれかに作ってもらったの、それとも自分で考えたの。初めて聞いたけれど、一度で覚えられる、とてもいい呼び声ね、って」

「思い出したわ」

「でしょう。さっき、いつの間にかわかっているつもりになっていたけれど、とおっしゃいましたが、その、つもり、でいいのだと思います。なんとなく感じてもらっている、梟助じじいらしさ、それで十分だと、あっしは思いやす」

「梟助さんの言うとおりかもしれないわね。ただ、さっきは、わたしにとってとても大切な人なのに、本当はなにも知らないのだと、それに気付いて、急に怖くなったのよ」

「そのお言葉は一生忘れません。鏡磨ぎをやっていてよかったと、うれしくなりました」

「梟助さんはこんな人なんだと、感じていることが大事なんですね」

「ええ、細かなことをあれこれ知っていることも大切かもしれませんが、全体をぼんやりと感じていることも大事だと思います」

「梟助さんと話していると、気持が落ち着きます。楽になります」

「ところで蒲焼を註文していただいたのは、なにか、普段とはちがったことを、聞きたかったからではないのですか」

「そうだったけれど、今となってはどうでもよくなっちゃった」

「でも、せっかくだから聞かせてください」

「梟助さんは落語がお好きだけど、鰻の話なんてあるのかなと思って」

「鰻の落とし話でございますか」

おおきな鏡から始めたので、少しずつ作業が早く終わるようになっていた。梟助はていねいに磨ぎながら考えた。

生き物を扱った落語はけっこうある。狐、狸、犬、猫、牛、馬、猪や蛇まであるが、鶏などは、上方の「べかこ」くらいしかない。これは鶏の啼き声と「アッカンベー」を絡めたものだ。

猿も小咄《こばなし》の「秀吉の猿」くらいしかない。「猿後家」は後家さんの顔が猿に似て、本人がそれをとても気にしていることから起きる悲喜劇で、猿そのものは登場しない。


梟助じいさんには気の毒だが、鰻もほとんどない。

名作「鰻の幇間《たいこ》」があるじゃないかと言われそうだが、これは明治の中頃に実話をもとに作られた噺だ。信心する人の本質を強烈に皮肉った「後生鰻《ごしょう》」は、明治になる七年前に上方で作られているので、梟助じいさんは知らない。

「素人鰻《しろうと》」は「士族の商法」の別名があるように、これも作られたのは明治になってからだ。ところで「士族の商法」を別名に持つ噺には、「御膳汁粉《ごぜんじるこ》」があるので少しややこしい。

ややこしいと言えば「素人鰻」には、「鰻屋」の別名を持つ話もあって、こちらは古くから知られている。

小咄に「鰻のカザ」がある。

「この落とし話の鰻は出汁《だし》に使われているだけで、ひどいケチをからかったものです」

「寄席によく掛けられるの」

「ケチを扱った落語のマクラに使われるくらいの、本当に短いものでしてね」

「聞かせてくださいよ」

「あっしは噺家ではないので」

「どんな小咄か知りたいだけだから」

「わかりやした。ほんじゃ」


　ある商家のご主人は極端なケチでして、隣の鰻屋からいい匂いがしてくると、「さあ、今のうちに喰っておしまい」と、それをおかずに奉公人に食事をさせてしまいます。鰻屋があまりのケチさが小憎らしくなり、奉公人に勘定書きを持って行かせました。

「金を払う覚えはないぞ」

「いや、蒲焼の嗅ぎ代となっております」

「それでは払ってやるから待っておれ」

　ご主人は財布を持って来ますと、「耳を貸せ」と言って、奉公人の耳元で財布の小銭をジャラつかせました。

「匂いの値《ね》なら音《ね》だけでよかろう」

終わったと思わなかったらしく、奥さまはしばらくしてから、あわてて手を叩いた。

「まあ、おもしろい。値と音が掛詞《かけことば》なのね」

「奥さまは寄席には行かれませんので」

「梟助さんに落語や寄席の話を聞かせてもらうので、行きたいなとは思うんですけど、女一人じゃ行きづらいですよ」

「だったらごいっしょ、ではなかった、お供いたしましょう。ですが、双葉屋の奥さまがあんなむさいじいさんと、なんて変な噂が立っては気の毒だし」

「梟助さんとの浮名なら、流してみたいものだわ」

「嘘でもそう言ってもらえると、うれしいです」

「梟助さんたら、やっぱり女の人を泣かせている。芝居の中で、そっくりおなじ台詞を言っていましたよ、色男役が」

「嘘でもそう言って……、ははは、野暮でした」

「鰻のカザだけですか、鰻の落語は」

「鰻屋、というのがありますがね。噺家《はなしか》によって多少ちがう部分もありますが、こんな粗筋です」

無料酒《ただ》を飲まないか、と友達が誘いに来る。

そんなうまい話があるわけないだろうと聞いてみると、横丁に鰻屋が開店したので食べに行ったとのこと。胡瓜《きゅうり》のコウコで一刻（約二時間）も酒を飲んでいたが、註文した蒲焼が出てこない。文句を言うと、気の利かない若い衆が、丸焼きの鰻を皿にのせて出した。

あとで亭主が謝りに来て、「鰻裂きの職人が用足しに出てしまいました。勘定《おだい》はいただきませんので、後日改めてよろしく願います」とのこと。

「ほんじゃ、今日のところはゴチになるよ」

無料で酒が飲めた。

ところがさっき鰻屋のまえを通ると、鰻裂きが用足しに出ている。だから胡瓜のコウコで一刻ばかり、無料酒を飲もうというのだ。

二人で出掛けたが、自信がなさそうで気の弱そうな亭主に、一匹の鰻を指差した。

「おめえも鰻屋の親方なら、裂けねえことはあるめえ。こいつを裂いて蒲焼にしてくれ」

仕方なく鰻を捕まえにかかるが、掴んだと思うと指のあいだからぬるりと逃げる。それを右手で掴むとぬるり、左手で掴むとぬるりで、親方はなんとか捕まえようとまえへまえへと出る。

「親方、どこへ行くんだ」

「どこへ行くのか、まえに廻って鰻に聞いてくださいな」

今度はすぐに拍手が来た。

「鰻に聞いてくださいなって、それがオチでしょ。聞いたことあるわ」

「噺そのものはどうということありませんが、聞かせるというより見せる落語ですね。逃げようとする鰻をなんとか捕えようとするのに、ぬるぬるしてますし、相手も必死ですから、なかなかうまくいかない。その仕種《しぐさ》で見せる落語です」

「語るだけではないのですか。見せる落語もあるのね」

「はい、磨ぎ終わりましたよ。ピッカピカー」

「毎度、お待ち遠さんです」

折よくそこに出前が届いた。

「お茶淹《い》れますね」

四

「食べながら話すのは下品だからと、死んだ女房によく叱られましたが、話さないと忘れますので」と、梟助は断ってから続けた。「蒲焼は註文を受けてから鰻を選ぶと申されましたね」

「はい、鰻屋さんがそう言っていました」

「それから裂いて、串打ちして、白焼きにして、蒸して、ようやく付け焼きだ、と」

「それがどうかしまして」

「先程の鰻屋の落語ですが、変なところがあるのにお気付きですか」

鰻は俗に「裂き三年、串八年、焼き一生」と言われている。修業して一人前になり、腕が認められると客が付く。そこで初めて店が出せるというのが相場だろう。

「横丁に鰻屋が開店したと言っていますね。それからすると居抜きではないようだから、新規開店です」

「そうなりますね」

「すると、亭主はもと鰻屋の職人でなければおかしい」

梟助がなにを言おうとしているのか理解できないからだろう、奥さまは黙って次を待っている。

じいさんは鰻を載せたご飯を口に含み、ほごほごと口を動かす。これでは話すに話せない。

口が動いているあいだは、奥さまは我慢強く待っている。何度も中断しながら、梟助じいさんの話は続く。

「鰻が大好物の金持が、だったらいっそのこと鰻屋をやろうと、居抜きで鰻屋を買い取って、職人を雇った店とは思えない。ところが職人が店を出したのなら、裂くどころか、摑むことができないなどということはありません」

「梟助さんの言うとおりだわ」

「鰻職人の仕事っぷりを見たことがありますが、親指、人差指、中指で、鰻の顎《あぎと》の下を摑むと、逃げられないんですよ。なにかコツがあるんでしょう」

熟練の職人の手業《てわざ》は驚異的だ。摑んだ鰻を俎板《まないた》に置いたと思うと、錐《きり》で頭を刺して固定し、頭の下の背中側に包丁の切っ先を入れて、一気に尻尾まで裂いてしまう。

「だから鰻屋の噺の亭主は、もと職人でなければならないんですが、裂き職人が用足しに出ていなければ、あの噺は成り立ちませんものね」

「梟助さん、もと噺家さんではないの。だって、普通の人はそこまで考えませんよ」

「聴いていて、変だなと思っただけです」

「段々そんな気がしてきた。噺家さんだったでしょ」

「しがない鏡磨ぎです。もっとも若いころはよく寄席に通いましたがね」

黙々とじいさんは食べ、なにかを思い出したのか笑いを浮かべた。

「おなじ蒲焼でも、江戸と上方でちがうのをご存じですか」

「あら、おなじでしょ」

「江戸では背中を裂いて骨を除きますが、あちらでは腹裂きで骨付きのままです。裂くとも開くとも言いますが、なぜちがうんでしょう」

「なにか意味があるの」

「江戸はお侍の世界ですから」

「あ、切腹を思わせるので、腹を切っちゃいけないのね」

「そう言われてます。上方では蒸さないで、すぐさま白焼きにたれをつけて焼くそうです」

「どうちがうの」

「蒸すとですね、余分な脂が取れて、肉が柔らかくなるそうです。上方ふうの蒲焼を食べたことがありますが、たしかにぎとぎと感じられました。あちらの人は、そこがおいしいと言うのでしょうね。江戸ふうでは物足りないかもしれません」

「食べたことがないからわからないけど、土地によってちがうのね」

「江戸ふうに背裂きにし、皮を下にして焼くと脂が垂れないで、じわーっと焼きあがるそうです」

「梟助じいさんは鰻職人から噺家さんになり、それから鏡磨ぎになった。これでうまく繋《つな》がったわ」

「ご馳走さまでした」と、梟助は箸を置くと奥さまに両手をあわせた。「それにしても、こんなにおいしいものを口にしない、食べない人たちがいるなんて、信じられやせんね」

「え、そんな人たちがいるのですか」

「いるそうです。ちなみに噺家の今昔亭《こんじやくてい》新潮さんも食べないそうですよ。村人の全員が鰻を食べない土地もあるそうでしてね」

「嘘でしょう、と言いたいけれど、梟助じいさんは嘘吐《つ》いたことがないし」

「郡上《ぐじよう》に粥川《かいがわ》が流れているそうですが、粥川の在所ではだれも鰻を食べないそうです。少し下流《しもて》の在所では食べるそうですがね」

「わたしの知らないことばかり」

「あっしだって、教えてもらうまでまるで知りませんでした。だれだってそうですよ」

梟助じいさんは、「聞いた話です、聞きかじりです、耳学問です、教えてもらいました」ですませている。しかし、本で読んで学んだことも多かった。

ただし、そんなことを打ち明ければ、鏡磨ぎ職人に読める訳がないだろうと疑われるか、昔はなにをやっていたのだと詮索されるのが関の山である。だから、本当のことは言わない。

粥川の在所でだれも鰻を食べないのは、氏神である星宮《ほしのみや》神社の教えによるものだ、と書かれていた。

昔、粥川の源《みなもと》がある瓢《ふくべ》ヶ岳には鬼が住んでいて、絶えず粥川の里におりて来て人々を悩ませていた。そこで帝《みかど》に命じられ、藤原高光（広光の説もあるらしい）が鬼を退治することになった。

途中の分かれ道でどちらに進めばいいのか迷っていると、一匹の鰻が現れた。鰻のあとを追った高光は鬼を見つけだすことができ、弓矢で見事退治したのである。水に棲《す》む鰻が道案内をするというのも変だが、それが言い伝えらしいところだ。粥川の人々は鬼を退治する手伝いをした鰻を神の使いとして崇《あが》め、以後食べることを禁止した。

「だったら、とても鰻を食べる気にはなれないですよね」

ただしこれは神社の縁起として、のちに作られたものと思われる。

「星宮神社の御神体は虚空蔵菩薩《こくうぞうぼさつ》でしてね、その神使《しんし》、つまり神のお使いが鰻なのです。眷属《けんぞく》とも言いますが」

「眷属と言えば、お稲荷さまの眷属が狐というような」

「そうです。稲荷神の狐、八幡神の鳩、天満宮の牛、日吉神の猿、そして虚空蔵菩薩は鰻です」

「虚空蔵菩薩さまは、丑と寅生まれの人の守り本尊じゃなかったかしら」

「はい、だから丑年生まれの噺家、今昔亭新潮さんは鰻を食べないのです」

虚空蔵菩薩は、鰻に乗って天から舞い降りてきたという言い伝えが、民間にはある。

本来は智恵と福徳の仏さまで、広大な宇宙のような限りない智恵と慈悲を持った菩薩、という意味であるようだ。そのため智恵や知識、記憶といった面でのご利益《りやく》をもたらす菩薩として信仰されている。厄払い、身体健全、家内安全、商売繁盛、水子供養祈禱、などが特に信仰されるが、つまり万能の神さまということである。

「星宮神社だけでなく、鰻を神の使いとする神社は多いそうです。陸奥《みちのく》にたくさんある雲南神《うんなんがみ》を祀った雲南神社、七百社ほどある三嶋神社もよく知られていますが」

さすがに梟助も喋りすぎたかなと思ったが、ここで終えては尻切れトンボになってしまう。ええい、乗りかかった船だ、ともう少し続けることにした。

「雲南神のうんなんは鰻のことですね。それから三嶋神社は鰻神社とも呼ばれています。雲南で思い出しましたが、鰻はなぜ鰻と言われるようになったのでしょう」

「え、そんな理由があるのですか」

「鰻は昔ムナギと呼ばれていたそうです。背中は灰色をしてますが、胸が黄色味を帯びているので胸黄、ムナギがいつの間にかウナギになりました、とさ」

最後は冗談っぽくおさめて、奥さまも半信半疑という顔で笑った。

ムナギが最初に登場するのは『万葉集』の大伴家持《おおとものやかもち》の歌、

石麿にわれ物申す夏痩せに
良しといふ物ぞ鰻取り食《め》せ

である。

鰻は万葉仮名で「武奈伎《むなぎ》」となっている。

「それでは、おまけにもう一つ。深川の小名木《おなぎ》川あたりは鰻の名所として知られています。だから鰻川が訛《なま》って小名木川になったという人がいます」

「ちがうのね」

梟助はうなずいた。

江戸城を居城に定めた徳川家康は、塩の確保のため行徳塩田に目を付けた。そこで小名木四郎兵衛に命じて、行徳までの運河を開削させたのである。

その名を取って、小名木川と命名されたらしい。しかし鰻川が訛ったというほうが、なぜか本当らしく思える。

「楽しいお話で、お腹《なか》が一杯になってしまったわ」

「じいも鰻でお腹が一杯になりました。二人のお腹が一杯になったところで、めでたくお開きといたしやしょう」

「ありがとう。また寄ってくださいね」

そう言って、奥さまは磨ぎ賃の入ったちいさな紙包みを手渡した。梟助はお辞儀をして受け取った。

「ご馳走さまでした。また寄せてもらいますので」

梟助が袋を手に立ちあがったところに、下女の竹が買物籠を手にもどって来た。

「お竹さん、声を掛けてくれてありがとう。みんなに可愛がってもらうんだよ」

「じっちゃも、いつまでも達者でな」

双葉屋を出ると、しばらくのあいだ梟助じいさんは黙って歩いた。そして二町(二百二十メートル弱)ばかり歩くと、まるで謡うように渋い呼び声を発した。

「鏡磨ぎ。カガミ・トギー。ピッカピカに磨ぎます磨きます。いくら自慢のお顔でも、鏡が曇れば映りません」

へびジャ蛇じゃ

一

梟助《きょうすけ》じいさんが庭先で鏡を磨《と》いでいるあいだ、若旦那は帳場格子の内で帳面を見る。あるいはその振りをするか、居室で戯作本や草双紙を読みながら、我慢して待っていた。

鏡磨ぎには元手があまりかからないが、手間賃も安いので働き盛りの男はやろうとしない。江戸での一人働きの鏡磨ぎは、老人の小遣い稼ぎと決まっていた。

お得意が大店《おおだな》ともなるとけっこう重労働で、老いた身には堪《こた》える。ご隠居さま、奥さまに若奥さま、お嬢さま、それに上女中などと、女子衆《おなごし》の数が多いからだ。

一人一枚ならいいのだが、手鏡から鏡台に掛ける柄《え》付きのおおきなものまで、かなりの枚数になった。主《おも》鏡である映し鏡と合わせ鏡、外出用の懐中鏡、ほとんどの女性がその三枚を持っている。

下女でさえ、ちいさな手鏡くらいは持っていた。おそらく、古株の奉公人からもらったものだろう。下心のある男にそっと渡されたのかもしれない。

鏡磨ぎのじいさんなどだれも気にしない。だから気楽に仕事ができる。

「終わりましてごぜえやす」

そう声を掛けるまでほったらかしにされるので、休み休みすればよかった。急《せ》かす者などいやしないのだ。

でなければやっていられない。力を入れるあまり、川柳にあるように「鏡磨ぎおのれが顔へのしかゝり」となるからだ。梟助じいさんは老いても頑丈な体をしているが、十枚を超える鏡を磨ぎ続けると、さすがに汗びっしょりとなってしまう。

わずかな手間賃では店を持つことなどできないので、ほとんどの鏡磨ぎは、道具を風呂敷に包んで、あるいは袋に入れて得意先を廻るのであった。

勝手口の近くや土間の片隅などでひっそりと磨ぐのが一般的で、この店のように庭先に茣蓙《ござ》を敷いて、大切に扱ってくれるところは珍しい。なぜなら若旦那がじいさんを贔屓《ひいき》にしていて、いつも話を聞くのを楽しみにしているからである。

ようやく仕事が終わった。

待っていたように、下女が梟助用の湯呑みを縁先に置いて、若旦那を呼びに行った。

どこであろうと鏡磨ぎに茶など出さない。たまに出してくれても安物の数茶碗で、専用の茶碗を用意してくれるのは、この店ぐらいである。

若旦那はいつも、決まったようにすぐにやって来る。帳場に坐っているからと言って、仕事などしてはいないのだろう。

「梟助さん。お疲れさん」と、これも毎回の決まり文句であった。「さぞかし咽《の》喉《ど》が渇いたことでしょう。ゆっくりと潤してください」

腰をおろすと、これも待っていたように下女が、茶托に載せた若旦那の茶碗を置くのであった。

ゆっくりと、と言いながらも、梟助がひと口含むなり、さっそく若旦那は切り出した。

「今年は巳年《みどし》ですが、わたしは蛇の生まれでして」

「年男でございますね。もうそんなにねえ。じいがこちらのお仕事をいただくようになって、何年になりますかな。手習い所に行くのはいやだ。絶対に行くものかと泣きわめいて、母上、今の奥さまを散々手こずらせておられました」

「いいじゃないですか、そんな古い話は」

「てまえがこちらに初めて伺った日でしたので、よっく覚えておるのですよ」

「もう、そんなになるかな。ときの経つのは早いものですね。それにしても、梟助さんは物覚えがいい」

「ところが次の日からは、手習い所に一番先に行かれるとのことで、ふしぎでなりませんでしたよ。その理由《わけ》がわかったのは、十年以上もすぎてからでした。なんでも、可愛らしい女の子が、通っていたそうですね。それが今の若奥さま」

不利になった若旦那は、さり気なく切り返した。

「あのとき、梟助さんは何歳《いくつ》でした」

「さあ、どうでしたか」

「今年で何歳におなんなさる」

「自分でもはっきりしませんでね」

「還暦はすぎていましょう」

「どうですか」

「古稀《こき》はまだですか」

「年寄りになると、齢《とし》なんかどうでもよくなりましてね。子供のころは早く大人になりたい、早く二十歳《はたち》にならないかと、待ち遠しかったものですが」

「梟助さんには勝てませんね。では、いいですから、思い出したら教えてください」

「難しいですよ、若旦那。この齢になると、覚えることはなかなかできないのに、忘れるのは早うございまして」

「なんやかやとはぐらかされてしまう」と、苦笑いしてから若旦那は続けた。「今日は巳年に因《ちな》んで、蛇の話をしてもらおうと思って、お待ちしていたんですよ。蛇の話だったらなんでもいい。いつもは、怖い話、滑稽な話、信じられないような話、動物にまつわる話、なんて註文を付けるけど、今日はなにも言いません。梟助さんの好きなように語ってもらいたいのですがね」

茶を飲んで湯呑みを下に置いた梟助は、いつになく考えこんでしまった。

若旦那の好みは知っている。戯作者に知りあいがいて、その繋がりだろうが、狂歌や川柳の会にも顔を出しているし、芝居や寄席にも出かけるらしかった。

筋立てがよくて滑稽な、落ちのある話が好みであった。梟助じいさんの話にも、ときどき口を挟んだり、さらに詳しく知りたがったりする。本をよく読んでいるからだろうが、齢の割に物識りであった。

あるいは若旦那は、戯作者や芝居の作者になりたいのではないだろうか、とじいさんは睨《にら》んでいた。

「どうしました、梟助さんらしくもない」

「好きなようにと言われると、却って困りますですよ」

「好き勝手にと言っても、蛇の話、と註文を付けているじゃないですか」

「さいですな。ではありますが、さてはや、どうすれば若旦那に喜んでいただけますことか」

とは言ったものの、どうやら心を決めたらしい。ともかく楽しんでもらわねばならないのだ。

「わたしが高い所に坐って、梟助さんが庭だと話しにくいだろうから、縁側に坐ってくださいよ」

言われた老爺は、埃を払って縁の端のほうに、そっと、尻の端っこをおろした。しばらく黙っていたが、やがて諦めたように語り始めた。

二

逢引からもどった娘が浮かない顔をしているので、蛇の母親が心配しましてね。

「どうしたの。なにかあったのかい」

「ううん、贈り物をもらったのだけど」

「だったらそんな、哀しそうな顔をしなくてもいいでしょ」

「それが、……下駄なの。しかも連歯《れんし》下駄なんだもの」

「よほどおまえの気を惹きたかったんだね。だから、むりしたに決まってる。連歯下駄は差歯《さしば》下駄より、ずっと高いんだよ」

「高い安いを言ってるのじゃないわ。下駄なの。下駄よ」

蛇には足がありませんからな。肩もありません。ガックリきて肩を落とした蛇、なんて見たくても見ることができない。

プッと吹き出して、あわてて若旦那は口を押えた。

梟助じいさんの唇の端がわずかに歪んだように見えたのは、こんなところで笑われては、どうにもやりにくくてかなわぬと思ったからかもしれない。若旦那は丸めた手を口に当てたが、空咳はしなかった。

さりげなくじいさんは続ける。

蛇に向かって、

「この野郎、ふざけたまねをしやがって。このままじゃ許せねえ。指を詰めろ」

無茶言っちゃいけない。どの指を詰めるのですか。

反対に多いのも困りもので、

「あいつはだめだ、仲間から外してしまえ」

「なに怒ってんだよ。落ち着きなよ」

「どれだけ苦労させられたと思ってんだ。こっちの身にもなってくれ。たまんねえよ」

「なにがあったか知らないけど、仲間から外すなんて、穏やかじゃないぜ」

「いつだって足手まといになりやがるんだから、あいつは」

「だから、だれなんだよ」

「ムカデ」

たしかに足手まといになるでしょうな。百の足と書きます、それでムカデ。ムカデやヤスデはやたらと足が多い。オオムカデは二十一対から二十三対、四十二本から四十六本ですね。ジムカデになると三十一対から百七十七対、足の数はその倍ですから六十二本から三百五十四本です。百足と書いても、決して誇張ではない。

驚くなかれ、……いや驚いてくださいね。そういう意味あいですから。

驚くなかれ、ヤスデの類には四百本の足を持つものがありまして、足の多いのも不便なものです。

「なにやってんだよ！　早くしないと、終わってしまうじゃないか」

「いま支度してるから、もうちょっと待ってやんなよ」

「あれだけ言っておいたのに、なぜ早目に用意しないのだ。ずいぶん経つぞ。あんなノロマは、これからは婚礼の席に呼んでやらないからな」

「むりを言うなって。まだ足袋《たび》を履き終わってないんだ、ムカデのやつ」

「梟助さん、もしかして噺家《はなしか》さんをやっていたんじゃないですか」

「とおっしゃるところをみると、寄席にはよく行かれるようですな、若旦那」

と、知っていながら梟助はとぼける。

「ときどきね。これまでも、梟助さんの話の運びは落語みたいだと思っていましたが、今日は落語そのものですよ。それで、もしやと」

「噺家なんて、とてもとても」

「だって、妙に味があるんだよね。素人とは思えないなあ」

「噺家さんは、口が動くかぎり高座に出られますからね。あたしがずっと鏡磨ぎをやっているのは、ご存じじゃないですか」

「たしかにそうなんだけど、どうしてもそうは思えなくてね。それに家《うち》に初めて来たのが、あたしが手習い所に通うことになった日」

「つまり、お嫁さんを見付けた日でございますよ」

「十六、七年まえになる。だから梟助さんがそれ以前に噺家だったとしても、なんのふしぎもない」

若旦那の言葉は無視して、じいさんはさりげなく続けた。「どうもやりにくくてなりませんな」と、ぼやきを一ついれてからであったが。

話が飛んで失礼しました。ムカデではなくて蛇のお話でしたね。

蛇には足がありません。蛇の足と書いて蛇足、余計な付け足しでございます。

あちらの国の戦国時代、楚《そ》という国での出来事です。ある人が、一番早く蛇の絵を描いた者に酒を賜《たまわ》るということになりまして、何人かが競って描き始めました。

ある男が描き終わっても、ほかの者はまだ描いています。で、よせばいいのに「おれは足を描くこともできるぞ」などと自慢して、足を描き始めたんですな。ところが完成しないうちに、ほかの者が蛇を描き終えて、酒を飲んでしまった。

よく祝辞なんかで、そろそろ終わりそうだなとホッとしていると、「なお、蛇足ではありますが」などと断って、長々と続ける人がおりますね。で、内容はと言いますと、まさに蛇足なんですな、これが。あってもなくてもいい。ないほうがもっといい、というやつです。

「まったくですね」

「若旦那、また腰を折る」

「これは失礼。しかしですね、それにしてもですが、梟助さんがなにをやっていたのか、知りたいと思いますよ」

「なにをって、わたしゃ何度も申してますように一介《いっかい》の鏡磨ぎ職人でして、それ以外の何者でもありません」

「こんなこと言っちゃ失礼かもしれませんが、蛇足なんて言葉、知ってる人はあまりいませんよ」

「それもしがない鏡磨ぎとなると、ですか」

「気分を悪くなさったのなら詫びます」

「あっしはね、若旦那よりずっと長く生きているんですよ。それだけ生きていると、なにかと聞き覚えるものです。若旦那はあっしの話を聞いてくださいますが、あっしは聞き役のほうが多いかもしれない。いわば耳学問ですよ。門前の小僧習わぬ経を読む、の類《たぐい》です」

「と、すらすら出てくること自体が、ただのお職人とも思えぬのですが」

「そのおっしゃりようは、若旦那とも思えませんな」

言われて若旦那は身震いをした。

「どういたしましたか」

「梟助さんに、真剣で斬り付けられたような気がしました」

「なんで、あっしが若旦那を」

「失言だったね。続けてください」

梟助はしばし間を置いたが、気を取り直したように語りを再開した。

三

龍頭蛇尾というのも、いい喩《たと》えではありません。頭は龍のように立派だが、尻尾は蛇のようだってんで、尻すぼみの意味に使われますね。

蛇は弁天さまのお使いで、脱け殻を財布に入れておくとお金が増える、などと申しまして、特に水商売の方の信仰を集めています。

しかし、一般の評判はあまりよくありません。あの類はなぜか、きらわれます。眼がなんとも言えず冷酷です。

猿は人に近い生き物だそうですが、その群れに蛇を投げ入れると、三尺ばかりも飛びあがるそうです。それから身を寄せあい、眼を真ん丸にして蛇から逸《そ》らさない。ちょっと動いただけでキーキーと大騒ぎになります。

きっと遠い先祖が、蛇にいじめられたんでしょうな。

蛇って見るからに冷酷でしょ。しかも、これといって役に立たないし、愛嬌ってものがかけらもない。歌も歌わなければ、犬のようにチンチンもしない。猫のように可愛くもない。踊りも踊らなければ、三味線も弾かない。

しかし一番嫌われる原因は、執念深いことでしょう。

江戸っ子は熱しやすく冷めやすい。なんでも水に流して忘れてしまう。極端に淡泊ですからね。執念深いのには弱い。蛇は執念深いという言葉そのものです。だから嫌われる。

どこかの国の、それも昔のお話です。妾《めかけ》を囲うは男の甲斐性だ、なんて威張っている商家の旦那がおりました。

こともあろうに妾を本妻のいる家に入れてしまいましてね。ところが本妻と妾の仲が姉妹のようによくて、三人でおなじ部屋に床を延べるという、今ならとても考えられないし、昔にしたってまず異常です。それだけ自分に魅力があるからだと、旦那は自惚《うぬぼ》れておりました。

その夜もいつものように、左右に二人の女を侍《はべ》らせて寝ておりましたが、夜中に目が醒めました。すると薄暗い中で、本妻と妾の髪の毛が揺れ動いている。よく見ると、二人の髪の毛の一本一本がみんな蛇となって、絡みあい咬みあいをしていたんですな。

恐れをなした男は、出家してしまったそうです。なにも坊さんにならなくてもいいようなものですが、女性というもの、人間というものの本性を見て、怖さとともに人の世の虚しさを感じたのでしょう。

一瞬だが、若旦那は強く目を閉じた。おそらく頭に刻みこんだのだ、とじいさんは確信した。そして梟助が帰るなり、矢立から筆を抜き、懐から手控えを出して書き付けるにちがいない。なぜと問うまでもない。いつか書く戯作や狂言のために、である。

二人が互いに相手のことを探りあっているようで、妙におかしくてならなかった。

若旦那が目を開けたので、梟助じいさんはさり気なく話を続けた。

これは蛇だから執念深さが出るのであって、ミミズとか蟬では凄味が出ませんね。ましてや、蛙とかなめくじでは話にならない。

蛙となめくじは、蛇をまじえて「三すくみ」を成しています。

蛙は愛嬌がありますが、なめくじはいまひとつ人気がない。ぬるぬるしているし、這ったあとが白く光って、あまり気持のいいものではありません。まるで殻のない蝸牛《かたつむり》です。殻があるだけで蝸牛は人気があるのに、殻のないなめくじは不人気です。

蛇は蛙を、蛙はなめくじを、なめくじは蛇を喰うといいます。蛙は蛇の好物だし、蛙もなめくじを喰うかもしれませんが、蛇がなめくじに喰われるってのは本当ですかね。だれが見たって、蛇のほうが強そうですよ。

言い伝えでは、なめくじが蛇にとりつくと蛇は体がぐにゃぐにゃになり、やがて腐ってしまうということになっています。

ジャンケンポンとおなじですね。紙と鋏と石は、三つとも一方に勝ち、一方に負けます。「狐、庄屋、鉄砲」も、狐は庄屋に勝ち、庄屋は鉄砲に勝ち、鉄砲は狐に勝つ。

狐が庄屋に勝つというのが、ちょっとわかりませんがね。若い女に化けて誑《たぶら》かしたり、ニワトリを襲って困らせるからかもしれません。

庄屋が鉄砲を持ったら、狐なんかイチコロですよ。ちょっと矛盾を感じますが、それはともかく三つ巴《どもえ》です。

蛇が蛙を追い、なめくじが蛇を追い、蛙がなめくじを追う、それぞれが一方に勝ち、一方には負ける、というのが三すくみ。

　蛇が蛙を呑みこもうとし、なめくじが蛇を呑みこもうとし、蛙がなめくじを呑みこもうとする。呑みこむのをやめない。三匹の生き物が、次第に相手を呑んでゆく。おなじ早さで呑み終わると、その瞬間にパッと消えてなくなった、……というのですがね。

「ふふふ。消えてなくなった、か。しかし、むりがありますね。蛇が蛙を呑み、蛙がなめくじを呑みはいいとして、なめくじが蛇を呑みがいただけません」

「たしかに若旦那のおっしゃるとおりです。三つ巴です、で止めておくべきで、これはとんだ藪蛇《やぶへび》でした」と、そこで間を置いて、梟助は笑いかけた。「藪蛇で思い出しましたが」

「藪蛇という蛇がおりまして、なんてんじゃないだろうね」

「ははは、おもしろいですね。お子さんに話したら喜びそうです。が、じいの申すのは本当にあった、しかも高貴なお方をめぐるお話ですぞ」

　俄然、若旦那の顔付きが変わった。なにかに使えるかもしれない、と思ったのかもしれない。

後白河法皇は、源義朝や平清盛を用いて崇徳院方《すとくいんがた》を破り、大天狗と称されたお方です。二条天皇に譲位したあとも、五代三十四年にわたり院政を敷いたそうですから、まさに怪物と言ってもいいでしょうね。

この法皇があるとき御所で、女官や公卿らに向かって無理難題を吹っ掛けました。これまでだれにも言わなかった、取って置きの情事《いろごと》を話せとの命令です。人の色懺悔《いろざんげ》は聞きたいが、自分のは話したくありません。だれだってそうでしょう。しかし、法皇の命とあれば逆らう訳にいかないのです。

何人かが秘めごとを打ち明けたのち、姥桜《うばざくら》になっても艶《あで》やかさを失っていない、小侍従という女房の番になりました。

「二十年まえになりますが、さるやんごとないお方と忍びあい、身も心も灼《や》けてとろけてしまいそうな一夜をすごしました。またお逢いしましょう、かならず連絡するからと約束して別れたのです」

という思い出を語ったそうです。わたしもぜひとも聞いてみたかったですね。

だれだっておなじでしょう。

公卿や女官が、相手の名を言えと責め立てます。小侍従は逡巡しておりましたが、ついに後白河法皇の顔を見ました。

もうおわかりですね。

話の途中からそわそわし始めた法皇は、こそこそと逃げ出してしまわれました。

命じたのは自分ですから、これぞ極め付きの藪蛇です。

四

若旦那がおおいに満足したことは、顔を見ればわかった。となると、もうひと声、もうひと押し、となるのが梟助じいさんの性癖である。

「軽い話が多かったので、少し怖い話をいたしましょうか」

「今の藪蛇や、本妻と妾の髪の毛が蛇になって咬みあう話も、けっこう怖かったですが、もっと怖い話があるのですか」

「怖いというか、不気味と言うか、人によって感じ方はちがうでしょうが」

「怖いもの見たさ、ではなく、聞きたいですね」

「若旦那は、盃中の蛇影《だえい》、という故事をご存じでしょうか」

「いや、初めて耳にしました」

「蛇影杯弓《はいきゅう》、とも言うそうですが、こんなお話です」

随分と以前に聞いた話なので、人の名とか時代のことは忘れてしまいましたが、たしか唐《から》の国の出来事です。

ある男の所にしょっちゅう友が来て、酒を飲んでは歓談しておりました。ところが、一切寄り付かなくなってしまったのです。

気になって人を訪ねさせると、「前回お宅に伺ってから、気鬱《きうつ》に沈んでおられます」とのことで驚きました。

このまえいっしょに飲んだとき、ふと盃の中を見ると、一匹の蛇が蠢《うごめ》いています。少し気味悪かったのですが、盃の中に蛇がいる訳がないと、一息に飲み干してしまいました。それからというもの、蛇を腹の中に呑みこんでしまったようで、体調を崩してしまったというのです。当然だが男を訪れて、いっしょに酒を飲む気になどなれないらしい。

ふしぎに思った男は、先だって友人と酒を飲んだ部屋の中を見廻しました。部屋の壁に一張《ひとはり》の弓が掛けてあって、そこに蛇の模様が描かれていたのです。それが盃の中に映ったために、勘ちがいしたに相違ありません。

男は嫌がる友人を呼び寄せ、おなじ部屋で酒を飲み、壁の弓と、そこに描かれた蛇の絵を示しました。絵解きをされて納得した友人は、すっかり元気になり、以前のように酒を飲んで歓談するようになりました。

「怖くありませんか、若旦那。勘ちがいの思いこみで、もし男が問いあわせなかったら、大病を患って亡くなったかもしれないのですよ」

「たしかに怖いけれど、大酒飲みの男の腹中に酒を飲む虫がいて、計略でそれを誘《おび》き出したら、男は痩せ細り、家運が傾いてしまったという話、あっちのほうが怖かった」

「『聊斎志異《りようさいしい》』にある話でございますね」

梟助はしばらく目を閉じていたが、開けると若旦那に笑いかけた。

「なるほど、たしかに怖い。こんな話でしたが」

一呼吸置いてからじいさんは話し始めた。

劉大成《りゆうたいせい》は朝から盃を離したことがなく、一甕《かめ》の酒を飲む酒豪です。しかし界隈きっての金満家なので、毎日のように一甕の酒を飲んでも少しも困らない。

ある日、一人の僧侶が劉を訪ねて来ました。西域《せいいき》から来て近くの寺に住み着いた、医療の腕がいいと評判の蛮僧《ばんそう》です。

酒が好きで、いくら飲んでも酔わないであろうと指摘され、事実なので劉は驚きます。

僧によると、それは腹中の酒虫《しゅちゅう》のせいだと言われたので、直してもらうことにしました。

炎天下、素裸にされて手足をぐるぐる巻きにされた劉は、地面に転がされます。肥満した劉の頭近くには、素焼きの甕が置かれていました。全身から汗が滴り落ち、咽喉《のど》はカラカラに渇いています。

甕からはお酒の香りが漂ってくるのに、飲めないのですからまさに地獄です。堪え切れずに治療の中止を申し入れようとしたとき、塊のようなものが胸から這いあがってくるのに気付きました。食道をせりあがったやわらかい物が、咽喉をすり抜けたと思うと外に跳び出し、素焼きの甕でポチャンと水音がしました。

それが酒虫です。

朱泥《しゅでい》に似た色をした三寸ばかりの酒虫には、目も口もあって、泳ぎながら酒を飲んでいます。

劉が礼を述べて金を渡そうとしましたが、僧は代わりにその虫をもらいたいと言います。虫は酒の精で、甕に水を張って虫を入れて掻き廻すと、たちまち美酒ができるとのことでした。

劉はその日から酒が飲めなくなり、匂いをかぐのも厭になりました。酒虫を吐き出してから健康も衰え、丸々としていたのが痩せ細り、肌艶もすっかり悪くなってしまったのです。家運も傾き、美田も人手に渡ってしまいました。

「とこんな話でした。なるほど、商人の若旦那にすれば、家運が傾いてしまうという最後は、本当に恐ろしいでしょうね」

「酒虫って一体なんだろう」

「だれだってそう考えますが、いろいろな意見があるようですよ」

どんな、という顔で若旦那は身を乗り出した。

「まず、酒虫は劉の福であって病ではない。蛮僧に遭《あ》ったことで、本来持っていた福を失ったのだ、というものです。次に、酒虫は劉の病であって福ではない。一飲一甕《いちいんいちおう》は常人には考えられぬことで、酒虫を除かねばほどなく死んだはずである。ゆえに、零落《れいらく》し体力が衰えたことは、むしろ幸いであった」

「正反対ですね。ほかにもあるのですか」

「三つ目は、酒虫は劉の病でもなければ福でもない。酒ばかり飲んでいたのだから、劉から酒を除くとなにも残らない。劉は酒虫そのもので、酒虫はすなわち劉である。劉が酒虫を除いたのは、自分の手で自分を殺したもおなじことなのだ。つまり、酒が飲めなくなった日から、劉は劉にして劉ではない。劉が劉でないとしたら、健康や家産が失われたのは当然である、という考えです」

「梟助じいさんは、どれだと思いますか」

「難しいですが、三つ目でしょうかね。若旦那はどうお考えでしょう」

しばらく考えこんでいたが、やがてポツリと言った。

「やはり三つ目かな」

「ですね。酒とか酒飲みがなにであるかを、一番よく伝えていると思いますよ」

「あれ、いつの間にか蛇の話から離れてしまった」と、若旦那が言った。「盃中の蛇影の蛇の話が、酒虫になっている。おもしろいから文句は言わないけど」

ここまではなんとか若旦那を楽しませながら、話を続けられたと梟助は思った。だが、ここで切れた印象を与えてはならない。

となると若旦那の好きな落語だが、さり気なくそこに話を持って行くには、とじいさんは知恵を絞る。ま、なんとかなるだろうと、繋ぎに取り掛かった。

五

長い蛇の話がいつの間にか酒虫に移ってしまいましたが、ここで息抜きに短い話題をおひとつ。秋津島とも呼ばれるこの国で一番短い話の遣り取りは、「どさ」「ゆさ」だそうです。書いて四文字ですからたしかに短い。

津軽でしたかの俚語《さとことば》で、あの辺りは冬が寒いから、なるべく口を開けないで言葉を節約する。「どさ」は「どちらへお出掛けですか?」、対して「ゆさ」は「湯に入りに」という意味だそうです。

どうせなら、祝辞なんかもこう願いたいと思いますね。

落語にも蛇は出てまいりまして、どなたにもよく知られておりますのが、「夏の医者」と「蛙《かわず》茶番」です。

あまり滑らかとは言えないが、なんとか落語に続けられた。内心ホッとしたが、そこは梟助じいさん、噯気《おくび》にも出さない。

素知らぬ顔で、強引に続けてしまう。たまにはこういうのもあっていいだろう、と思いながら。

「えッ、『蛙茶番』に蛇は出ないとおっしゃる？　さすが若旦那、よっくご存じですな。はい、たしかに本物は出ませんが、ちゃんと青大将が出るじゃありませんか」

若旦那が考えているあいだに、

「こういうお噺ですね」

素人芝居では役でもめることが多く、役不足だと当日になって休んでしまう。『天竺《てんじく》徳兵衛』の「忍術譲り場」をやることになったが、徳兵衛の忍術で出る蟇《ひき》蛙のくじを引いた若旦那が休んでしまう。蛙は芝居好きの小僧定吉にやらせることになった。

今度は舞台番の半次が来ない。役者をやりたい半次は、客が騒いだら鎮めるなどの舞台番になったので、臍《へそ》を曲げたのである。

小僧を呼びにやっても居留守を使うので、仕立屋の娘が半次の舞台番を見たいと言っていると策を授ける。それを聞いた半次、湯屋に行って磨きをかけたはいいが、自慢の緋縮緬《ひぢりめん》の褌《ふんどし》を番台に預けたまま。

半次は尻をまくって舞台番となったが、仕立屋の娘の姿が見えない。そのうち観客が気付いて、「半次、日本一、大道具」などと大喜びで騒ぎだした。

ところが肝腎の蛙が出てこないので急かすと、

「あそこで青大将がねらっているから、出られません」

「ね、青大将が出ましたでしょう。もう一つの『夏の医者』には本物の蛇、それもウワバミ、つまり大蛇《おろち》が出てきます。ちょっと変なところのある噺ですが、まずはどんな筋かを」

父親が病気になったが、村に医者がいないので息子が隣村まで迎えに行く。いっしょに近道の山越えをし、山頂でひと休みしていてウワバミに呑まれてしまう。薬籠《やくろう》に下剤の大黄《だいおう》が入っていたので、ウワバミの腹中に振り撒き、下痢によって体外に排出される。

病人を診ると、萵苣《ちしゃ》の食べすぎによる腹痛なので、「夏の萵苣は腹に障る」と注意する。薬を与えようとしたが、薬籠をウワバミの腹中に忘れたのに気付いて引き返した。炎暑に下剤を掛けられたウワバミは、衰弱しきっている。

「忘れ物をしたので、もう一度呑んでもらいたい」

「もう厭だ。夏の医者は腹に障る」


「その噺のどこが、ちょっと変なんですか」

「夏の萵苣は腹に障る、という諺《ことわざ》なんですがね」

「変というよりも、わたしには萵苣がわかりません」

「菜の一種です。いろいろ調べても、どこの諺かわからないのです」

「でも、この諺があったから生まれた噺なんでしょ」

「だれだってそう思いますが、それがないのです。考えられることは、ある狭い地域だけで使われている諺」

「多くの人が知っているから、諺として通じるのでしょう」

「おっしゃるとおりです。となると、考えられることは、噺のオチをおもしろくするためにつくられた、偽《にせ》の諺かもしれない、ということですね」

若旦那が考えているあいだに、梟助は次に進むことにした。

「ここで真打登場です。『蛇含草《じゃがんそう》』は上方噺ですが、これがどうして、奥が深《ふこ》うございましてね。まずは聞いていただけますか」

徳さんという男が知り合いの家を訪ね、蛇含草という草をもらいます。

ある人が旅をしているときウワバミ、「夏の医者」にも出ましたが大蛇ですな、これが猟師を呑みこんで苦しんでいるのに出会いました。ところがウワバミがある草を食べると、あーら不思議、お産を終えたように膨らみが消えてしまったと申します。

たまたま相手が餅を焼いていましたので、餅の好きな徳さんはたまらない。つい一つ食べたところ、それを友人が咎《とが》めて喧嘩になり、行き掛かりから一箱ある餅を全部食べてしまうということになります。いろんな曲喰いをしながら、ほとんど食べたのですが、わずかを残して家に帰りました。

帰ってから蛇含草を思い出し、草を口に含みます。

友人は徳さんを帰したものの、心配になってようすを見に来ました。奥で寝ているというので襖《ふすま》を開けてみると、餅が着物を着て……というオチ。

これが江戸に移されて、おなじみの「そば清《せい》」になりました。

カケソバ、といっても食べる蕎麦じゃなくて、いや食べるには食べるんですが、蕎麦をいくら食べられるかってんで金を賭ける、これを仕事にしている清さんという男がおりましてね。初めは賭ける金も少しなんですが、巧みに吊りあげてゆく。

この清さんが信州を旅しているときに、ウワバミの一件を目撃して、「しめた！」ってんで草を持ち帰ります。

これさえあれば、どんな相手であろうと負けやしないってんで、ほくほくです。で、勝負に出ますが、これ以上はむりだとなって、風に当たりたいからと廊下に出ます。ところがなかなかもどらないので、「野郎、逃げやがったな！」と相手が障子を開けると、蕎麦が着物を着て座っておりました。

多少、趣向を変えてありますが、ほとんどおなじオチです。

落語好きな若旦那は、知っている噺なので笑いを浮かべ、うんうんとうなずきながら聞いている。

よし、勝負はここからだ。いくら落語好きで、本も読んでいるからと言って、さすがの若旦那もこれは知らないだろう、と梟助は下帯を締めなおした（つもりになった）。

このもとになったのが、阿波の徳島の「とろかし草」というお話です。とろかすというのは溶かすという俚語《さとことば》ですね。文字通り人を溶かしてしまうわけです。

ところがこのおもとは、なんと唐《から》の国にありました。

時代はちょっとはっきりしないんですが、臨安《りんあん》の坊さんが山道を歩いていますと、けだものを丸呑みしたのか、腹をはち切れそうに膨らませて苦しんでいる蛇がいました。その蛇がある草を嚙《か》むか舐《な》めるかすると、太鼓のようだった腹がたちまちペシャンコになってしまいましてね。坊さんは、これは大変な薬草だと思いましたので、取って帰りました。

その夜、宿に泊まったところ、隣の部屋から苦しそうな唸り声がします。腹が膨れて困っているというので、人を救うは出家の務めとばかり、例の草を与えますと、すっかり楽になったというので一安心。

ところが翌朝になっても、隣の部屋の旅人が起きてまいりません。覗いてみますと、肉と血が溶けて骸骨だけが残っていた。薬草が効きすぎたんですな。

そう言えば、この話も唐の国ですね。さっきの蛇足も唐の国。さすがですよ。四千年の歴史があるそうですからねえ。

世界には十大河川といって、十の大きな川があるそうです。かの国には二つもあるんですから。黄河《こうが》に揚子江《ようすこう》。十のうちの二つですよ。中国にはなんでもありますからね。白髪三千丈の国、針小棒大の国ですから。なんだってあるんです。万里の長城だってありますからね。

臨安の坊さんの話は、若日那もさすがに知らなかったようで、感心しきりだった。しかし、骸骨だけが残っていた、はどうもいただけない、とじいさんは反省した。

さて、いよいよ梟助じいさんの即席噺である。

六

白蛇《はくじゃ》、白い蛇ですな。白蛇は神様のお使いだと大切にされます。

ある神社《おやしろ》の宮司《ぐうじ》さんが、子供たちが騒いでいるので近付いてみますと、蛇を捕まえていじめています。

「これこれ、なにをしてる」

「おもしろいもの捕まえたから、ちょっと試してみようと思って」

「試すだって。一体どうしようというのだ」

「荷車の通る往還の、ちょうど輪が通る、あれ、なんてったっけ」

「轍《わだち》ではないのか」

「そうそう轍だ。そこに、頭と胴と尻尾を貼り付けてね。荷車が通ったらどうなるかを試すんだ」

「そんなひどいこと、するもんじゃありません。しかたがない、わたしが助けてあげましょう。その蛇を売りなさい。いくらだ」

「金でカタを着けようというの？　子供がせっかく試してみようと思っているのに、その芽を摘むのはよくないと思うよ」

「生意気を言うんじゃない。いいから売りなさい。……これ、なにを見てる」

「足元」

　ひどい子供があったもので、宮司さんはかなりのお金を払わされてしまいました。蛇を自由にしてやりますと、

「このご恩は一生忘れません。なんとか、恩返しをしたいのですが」

「いいよ、そういうつもりで助けたんじゃないから」

「でも命を助けてもらいながら、お礼もしないとなると、蛇の仲間にもどれません。後ろ指を指されます」

「指なんかないじゃないか」

「言葉の綾ですよ。ともかく蔑《さげす》まれますからね、まるで人間のような恩知らずなやつだ、って」

「ははは、これは耳が痛いな。しかし、そんなこと言われたって、わたしは浦島太郎じゃないんだし」

「ちょっと古いんじゃないですか」

「おおきなお世話だ」

「なにかお困りのことがあったら、おっしゃってください。ともかくお礼をしないと」

「仲間にもどれないんだろ。弱りましたね。……ま、困っていないわけでもないといおうか、少々頭を痛めている問題がないといえば嘘になるし、要するに」

「困ってんでしょ？」

「ま、平たく言えば」

「どう言ったっておなじですよ」

「じゃ、正直に言いますが、見てのとおりでね」

「どういうことでしょう」

「子供たちが帰ったらだれもいないだろ、境内《けいだい》に。不景気のあおりで参拝する人がガタ減りだ。そればかりかお賽銭《さいせん》もね。景気のいいころは二分金に一分金、二朱金に一朱金なんかも混っていたが、今は一文銭、よくて波銭《なみせん》だもの。まあ、小判なんて贅沢は言いませんがね。山吹色を見たいものだ」

「しかし、参拝客の減少ねえ。わたしが白ければなんとかできますが」

「白ければ？」

「ええ、白蛇は神の使いと申しますからご利益《りやく》があります。真っ白な裸身をくねらせて踊ったら、瓦版が取り上げて、参拝客だってドッと詰めかけると思います。しかしわたしのような平凡な絵柄じゃ、迫力もないし」

じっと考えていた宮司さん、姿を消しましたがすぐに桶を下げて現れました。

それを見た蛇が、

「なんですか、それ？」

「見ればわかるだろう。白漆喰《しろしっくい》だ。おまえさんに白蛇になってもらう。白く塗るのだよ。白蛇になれば、ご利益があるってんで、参拝人も増えるだろうからな」

「漆喰を塗るんですか、全身に？　乾いたら動けなくなってしまいますよ」

「ともかく、白蛇になってもらおう。ちょっと見にはわからないだろう」

蛇が情けなさそうな声で、

「そんな白蛇な！」

お後がよろしいようで。

「そんな薄情な！　ですか。うまく落としましたね」

笑いながら奥へ引っこんだ若旦那は、すぐにもどると、袋に仕事関係の道具などを仕舞っている梟助じいさんに、紙の包みを二つ手渡した。

「はい、鏡の磨ぎ賃。それからこちらは話を聞かせてもらったお礼です」

「いつもありがとうございやす。ほんじゃ、また鏡の曇るころに伺うとしましょう。みなさんにもどうかよろしく」

勝手口から出た梟助じいさん、もちろん包みの中味を調べたりはしない。

次の角を曲がっても、しばらくは黙って歩くが、二町（二百二十メートル弱）ほどを過ぎると、声を張りあげる。

「鏡磨ぎ。カガミ・トギー。ピッカピカに磨ぎます磨きます。いくらきれいなお顔でも、鏡が曇れば映りません」

じいさんが紙包みの中味をたしかめたのは、声を五回張りあげてから、つまり十町をすぎてからだった。

鏡のおおきさや手入れの仕方にもよるが、十文から五十文くらいが一枚の磨ぎ賃なので、磨いでいるときに総額の見当はつく。

問題はもう一つの包みだが、一朱金が入っていた。一両の十六分の一である。鏡磨ぎの余技としてはたいした余禄だが、高座にあがればどのくらいになるのかな、などと思う。

さて、またしても二町をすぎたようだ。

じいさんは声を張あげる。

「鏡磨ぎ。カガミ・トギー。ピッカピカに磨ぎます磨きます。いくらきれいなお顔でも、鏡が曇れば映りません」

どうして渋い声であった。声の質からすると、謡《うたい》なんぞで鍛えたことがあるのかもしれない。

皿屋敷の真実

一

「梟助《きょうすけ》さん、梟助さん」

話し掛けるとき、真紀はなぜか名前を繰り返す癖がある。梟助だけでなく、だれに対しても二度呼んだ。子供のころからそうであった。

そしてこれも子供のころからだが、極端な怖がりなのだ。

真紀の母親、つまり但馬《たじま》屋の奥さまは、梟助が鏡を磨《と》ぎに訪れるのを、楽しみに待っている贔屓《ひいき》の一人であった。

梟助の話を聞くのが好きだし世間話にも興じる、明るくてよく笑う話好きな女性の典型だ、と言ってもいいだろう。

神田佐久間町の老舗《しにせ》の瀬戸物商但馬屋は、手堅い商いをするお店《たな》として知られていた。真紀は上に二人の兄がいるが、末っ子ということもあり、乳母日傘《おんば》で育てられた。

人見知りする子であったが、母親が梟助と話していると、かならずその腰にくっつくようにして聞いていた。

「真紀お嬢さまは、いつも奥さまのお傍を離れようとなさらない」

梟助の場合、最初に仕事をさせてもらったときの遣り取りで、自然に話し方が決まってしまう。

但馬屋ではまるで鏡磨ぎ職人らしくなく、商人ふう、それも商家のご隠居のような口調で話している。梟助は相手次第で「あっし」「へえ」「〜でやす」などと言ったりもするが、少し意識するだけで使い分けができるのであった。

じいと言われるし、梟助と呼び捨てにされるかと思うと、さん付けで呼ばれることもある。但馬屋の奥さまが対等に扱ってくれるのは、年寄りだからやさしくとの思い遣りからかもしれない。

その奥さまが言った。

「真紀は梟助さんのことが、気になってならないのですよ」

「わたしがですか」

思いがけない言葉に驚かされた。

真紀が最初に梟助が鏡を磨ぐのを見たのは、四歳という幼時であった。十数年もまえのことなのに、梟助は今でも覚えている。

「この、ぼんやりとくすんだ鏡がね」と、顔の輪郭もはっきり映らない鏡を見せながら、母親が真紀に言った。「梟助さんが磨ぐと、ピッカピカになって、きれいに映るようになるのよ」

梟助が磨ぎ終わるのを待ちかねて、真紀は鏡を取ろうとしたが、径がおおきいので重量がある。母親が両手で持って、真紀の顔に近付けた。

「わあ、きれい」

覗き見た真紀が歓声をあげた。ぼんやりとも映らなかった鏡が、明瞭な像を結んだことに対する単純な驚きだろう。

梟助はそのとき初めて真紀の声を耳にしたのだが、その後はかなり長いあいだ聞いていない。話し掛けても、うなずくか首を振るかのどちらかである。随分と引っこみ思案で、無口なお嬢ちゃんであった。

真紀の顔をまともに見たのも、そのときが初めてである。正面からまじまじと見て、梟助は言いかけた言葉を、あわてて呑みこんでしまった。

「きれいに見えるのは、真紀お嬢さまの顔がおきれいだからですよ」と、咽喉《のど》もとまで出かかっていたのだ。お世辞でなくそう思ったのである。

とても四歳の幼女と思えぬほど、整った顔をしていた。鼻筋が通り、鼻は高くもなければ低くもないが、かたちがよかった。唇はちいさくて紅を帯びている。なによりも印象的なのは、切れ長で涼やかな目であった。

真紀はそのとき、鏡を磨ぎ終えた梟助を、特別な力を持った人だと思ったようだ。くすんだ鏡を磨ぎあげたのが、まるで死んだ生き物を蘇生させたように、感じられたのかもしれない。

話を聞いている母親が、梟助の言葉に感心し、いかにも楽しそうに笑う。奉公人や近所の人に対して、そのような顔を見せたことはなかった。それを見て、母を笑わせる梟助は特殊な力を身に付けた人なのだとの思いを、ますます強くしたらしい。随分と時間が経って、本人からそう言われたことがあった。

真紀はいつも母親のうしろに隠れるようにして坐り、ときどき顔の一部を見せるだけである。そのためだろう、それに気付いたのはしばらく経ってからであった。

手習い所に通っていたので、七歳か八歳にはなっていたはずだ。母親の蔭に隠れた真紀が耳を押さえていたように見えたが、梟助は気にもしなかった。

ところが何度かそれが続くと、さすがに変だと思う。あるとき道具を取るために立ちあがったが、やはり両手で耳を押さえている。梟助に見られているのに気付いて、真紀はあわてて手を離した。

どうにも妙である。かれの話を聞きたくなければ、部屋を出ればすむことだ。なにも母の蔭で聞くことはない。

もしかすると、と梟助は思った。

そのとき梟助と母親は、怪談噺《ばなし》で幽霊の出る場面について話していた。怪談だ幽霊だと言っても、落語なので特に怖いという訳ではない。話を続けながら盗み見ると、真紀は硬い表情をして耳を塞《ふさ》いでいた。

そうか、この娘《こ》は怖がりなのだ、と梟助は気付いたのであった。

怖い部分が終わると、いつの間にか耳から手を離している。すぐ背後にいるので、母親の体の動きや息遣い、あるいは雰囲気からわかるのかもしれなかった。

あるとき梟助は、話の流れに関係なく急に幽霊の話を始めた。すると真紀があわてて両手で耳を塞いだ。泣き出しそうな顔をしている。

「ごめんなさいよ、真紀お嬢さま」と、梟助は謝った。「もう、これからは怖い話は止しにしますからね」

母親がいなくても、真紀が梟助の仕事を見に来て、少しずつ話し掛けるようになったのはそれからであった。

「梟助さん、梟助さん」と二度繰り返すのがふしぎでならなかったが、そう呼ばれると耳に心地よいし、なぜか楽しくなるのである。二声の呼び掛けがないと、どことなく物足りなく感じるほどであった。

二

可愛いと言うより、少女のころからきれいだった真紀は、成長するにつれて美しい娘へと変貌した。

子供は体の各部分がおなじ速度で育つわけではない。鼻が急に高くなったり、耳がおおきくなったり、背が伸びたり、太ったりする。そのようにしながら、次第に全体が整い、個性が作られていくのだ。

真紀の場合もやはりおなじであったが、どの段階でも釣りあいが取れて美しかった。

十代になるかならぬかで、降るほどの縁談があったというが、もっともだと納得できた。そして十五歳で然《さ》る大店《おおだな》の若旦那との縁談がまとまり、十六歳で輿入《こしい》れしたのである。

「あたし、向こうでも梟助さんに鏡を磨いでもらいたいのだけど」

式のまえに但馬屋を訪れたとき、真紀はさり気なくそう言った。

「まことにありがたいことで、わたしもそうしてあげたいのですが、お断りしなければなりません」

「あら、なぜなの」

断られるとは思いもしなかったのだろう、真紀は理解できないという顔になった。

「今まで磨いでいた職人が、仕事を失いますので」

「あたしの分だけならかまわないでしょう」

「そうもまいらないのです。仁義と言えば大袈裟かもしれませんが、おなじお店に二人の職人が出入りすると、どうしても気まずくなりますので」

「そう、わかった。わかったけど、がっかりだわ」

「申し訳ありません」

そんな遣り取りがあった。真紀の顔が見えなくなると、但馬屋の仕事が急に寂しく、味気ないものになった。

ところが、まるで男雛女雛《おびなめびな》のようだと評判になった縁組だったのに、わずか八《や》月で不縁になってしまったのである。理由はわからないが、「見ざる、聞かざる、言わざる」の三猿を遵守《じゅんしゅ》する梟助は、他人《ひと》に訊いたり詮索したりはしない。

梟助が但馬屋に鏡磨ぎに寄ると、真紀が嫁入りまえに使っていた鏡が混じっていた。不要になったので、仲の良かった女中にでもやったのかとも思った。

だが奥さまの沈んだ顔と、何枚かの鏡を渡しただけで姿を消したことで、真紀がもどったのだとわかったのである。女中にやったのなら、嫁入り直後から磨ぎに出されるはずであった。

離縁されたのか、自分から飛び出したのかはわからない。

終わると磨ぎ賃を渡された。

但馬屋では、梟助はいつも廊下の隅で鏡を磨ぐ。そして座敷に坐った奥さまに話して聞かせ、あるいは談笑するのが常であった。

次からは廊下の隅に茣蓙《ござ》が敷かれ、くすんだ何枚かの鏡と、紙に包まれた磨ぎ賃が置かれていた。案内した下女に、終わったら声を掛けるようにと言われたのである。

もちろん仕事だからしかたがないが、梟助にすればそれほど味気ないことはない。相手の求めに応じてさまざまな話を語り、あるいは相手の話を聞く。愚痴を聞いてあげる。むしろ、そちらのほうが楽しかった。いや、そのために鏡磨ぎを続けていると言っても過言ではない。

以後もこんな調子なら、ほかの鏡磨ぎ職人に替えてもらおうか、そう思い始めた矢先であった。真紀が但馬屋にもどって、三回目のことである。

襖が開けられ部屋に人が入ったと思うと、梟助から一間（一・八メートル強）ほど離れて静かに坐った。化粧の匂いで真紀だとわかったが、黙々と仕事を続けた。

「梟助さん、……梟助さん」

呼び掛けられてそちらを見ると、少しはにかんだような真紀の笑顔がじっと見ていた。気のせいか恥ずかしそうに感じられた。

いくらか痩せたようであるが、美しさに変わりはなかった。いや、娘時代より玲瓏《れいろう》に感じられた。肌は内側から輝いているようで、真珠にも似た光沢がある。眩しいほどだ。

「真紀お嬢さまでしたか、お久しゅうございます」

「梟助さんもお元気で、なによりでした」

「相変わらずお美しい」

言ったあとで梟助は少し後悔した。真紀の表情が一瞬だが、翳《かげ》ったように感じられたからだ。だが、すぐにもとにもどったので安堵《あんど》した。

「鏡を磨ぐところを、見せてもらっていいかしら。邪魔はしませんから」

「もちろん、ようございます」

「梟助さんが磨ぐところを見ていると、なぜか心が落ち着くのです」

「じいもおなじですよ。一心に磨いでいますと、厭なことは忘れ、楽しい思いが胸に満ちてくるような気がします」

「そうでしょうね。だから、磨ぐのを見ていると、こちらの心も平らかになるのだわ」

随分と大人になったというのが、短い会話から得た実感であった。

「鏡は正直ですから、見る人の心を映し出すことができるのでしょう」

「実はね、あれから鏡を見ていないのです。自分の本当の姿が映ると思うと、怖くって。でも今日は思い切って見ようと思うの。梟助さんに磨いでもらった鏡で」

「でしたらじいは、いつも以上に心をこめて磨ぎましょう」

「あたしね、不縁になったの。出もどりになっちゃった」

他人事《ひとごと》のような言い方をしなければならないほど、辛い思いをしたのが察しられた。

少し間を置いて梟助は言った。

「この世には、自分の思いどおりに行かないこともありますからね。いえ、そのほうが多いかもしれません。だから、割り切らなければならないこともあります」

「そうね。そのとおりだわ」

磨ぎ終えた鏡を手にした真紀は、長いあいだ喰い入るように見ていたが、やがてポツリと言った。

「これが、今の、あたしなのね」

続きを待ったがそれっきりだった。だが梟助じいさんは、言いたいことがありながら、真紀がそこで口を噤《つぐ》んだような印象を受けた。

その日から、以前のように真紀は梟助の仕事振りを見るようになった。当たり障りのない話もしたが、ただ黙って見ているだけのほうが多い。

言葉の遣り取りはなくても、心が通いあっているような気がして梟助は楽しかった。話したくなれば自然と自分から話すだろうから、気長にそれを待つことにした。

三

「幽霊って本当にいるのかしら」

「梟助さん、梟助さん」といつものように二声で名を呼んでから、しばらく間を置き、真紀がそう言ったのは次に訪れたときのことだった。

「じいは遭《あ》ったことがありませんので、よくはわかりませんが」

真紀が微笑んだ。徐々にではあっても、心の傷が癒え始めたらしいのが感じられた。

「幽霊はなぜか、ほとんどが女の人ですね。落語には男の幽霊も出ますが、少しも怖くありません」

「男の人の幽霊って、どんなのがあるのかしら」

問われて梟助は、例えばこんな噺《はなし》がと前置きして、「へっつい幽霊」の粗筋を話した。

博奕《ばくち》好きの左官の留が二百四、五十両も勝ったので、二百両を竈《へっつい》の角に塗りこめた。ところが、手料理のトラフグに中毒《あた》って頓死したのである。竈には据え付け型と持ち運べるのがあるが、これは後者だろう。

持ち主が死んだので、竈は古道具屋に引き取られた。それを買った客は、金に未練のある留が幽霊になって出るので、怖くて夜中に古道具屋に返しに来る。売り値の半額で引き取るので儲かるが、何度も重なれば店の評判が悪くなる。古道具屋は無料にして、そのかわり返品不可との条件を付けた。こんないい品が無料だとは、と喜んで熊がもらった。

幽霊が出たが、肝っ玉の据わった熊は動ぜずに話を聞いてやり、二百両を取り出して折半《せっぱん》した。ところが博奕好きの両人、百両全額を賭けて大勝負に出る。負けた留の幽霊がもう一度勝負を挑むが、お金《あし》がないだろうと言われ、

「あっしも幽霊だ、足は出さない」

「と、これだけの話なんですが、ちっとも怖くないでしょう」

「幽霊に足がないのを、お金がないのに掛けたのですね」

「若旦那が登場するのとしないのとか、金が二百両だったり三百両だったり、噺家によって多少ちがって語られますが」

「あら、落語って、なにもかも決まっているのではないのですか」

「だったらつまらない。大筋はおなじでも、噺家がどこをおもしろがっているか、どこを聞いてもらいたいかによって、全部ちがうのですよ。ですからおなじ噺をいろんな噺家で聴いて楽しめるし、どう語るかを聴き比べるおもしろさもあるのです。場所や人の名前も、おなじとはかぎらないですからね」

「まあ、知らなかった」と、そこで思い当たることがあったらしく、真紀は納得したようにうなずいた。「だからだわ、お皿の数え方がちがっていたのは」

「と申されますと、皿屋敷をお聴きになられたのですか」

真紀は驚いたようだが、梟助にすればなんでもないことである。皿を数える落語と言えば「皿屋敷」しかない。「お菊の幽霊」とか「お菊の皿」の演題で語る噺家もいるが、大筋はおなじである。

「一つ、二つ、三つと数えますね。九つまで数えて一つ足らないのがわかり、ワッと泣き叫ぶでしょう」

真紀に言われて梟助はうなずいた。皿を数えるのが、この噺の聴かせどころである。

しかし落語では泣き叫ぶ場面はなくて、枚数を数えることがオチにつながるのだ。真紀はだれの噺を聴いたのだろう。それとも梟助がまだ聞いたことのない、新しい趣向のオチをだれかが作ったとも考えられた。

数えるにはそれなりの理由があるのだ。

一般に寄席で演じられている「皿屋敷」は、もともとは上方噺で、大筋はこうである。

姫路の代官青山鉄山《てつさん》の腰元にお菊という美女がいて、鉄山がいくら口説いても、良人《おっと》に操を立ててなびかない。かわいさあまって憎さが百倍となった鉄山、将軍家より拝領した十枚一組の葵《あおい》の紋入りの皿をお菊に預け、そのうちの一枚を隠した。

ある日、急に入用《いりよう》だと皿を出させたが、何度数えても九枚しかない。さんざん折檻《せっかん》した挙句、袈裟懸けに斬り殺してしまった。そのお菊が幽霊となって取り憑き、鉄山は狂い死にしてしまう。

城下の外れにある古い屋敷がそれで、今でもお菊の幽霊が出ると知った若い連中が、怖いもの見たさに出掛けると、確かに出た。それもすごい美人で、噂を知って人が詰めかけるようになった。

九枚の声を聞けば死ぬと聞いたので、七枚くらいでだれもが逃げ出す。ある晩、あまりにも人が集まったため、混雑して九枚を数えるまえに逃げ出せなかった。ところがお菊は数え続け、とうとう十八枚まで数えたのである。見物人が詰《なじ》った。

「お菊はん、九枚しかないんで化けて出るんやろ。なんで十八枚も数えたんや」

「二日分数えて、明日の晩は休ませてもらいますの」


あるいは腰元が不始末で割ってしまうとか、美人の腰元に殿さまの心が奪われるのを懸念した奥方が、皿を隠してしまうと演じられることもある。

腰元でなく、下女や行儀見習いの娘とする場合もあった。

疑われた上に折檻され、屋敷の井戸に身を投げる、との演出もある。

皿の数え方について真紀が梟助に言った。

「一つ、二つ、三つと数えましたよ。一枚、二枚ではなくて」

「なんという噺家さんでした」

「講釈で聞いたのです」

「講釈！　真紀お嬢さまが講釈をお聴きに、ですか」

「気を紛らわすために真紀をどっかに連れてっておくれと、母が友だちにたのむらしいんです。お芝居、見世物、寄席に講釈場などですね。なんとか断っていましたけど、断りきれなくて」

「そういうことでしたか」

四

真紀は少し考えていたが、やがて意気ごんだように言った。

「梟助さん、梟助さん」さらに念を押すように、真紀はもうひと声加えた。「ねえ、梟助さん。幽霊はほとんどが女の人だとおっしゃったけれど、なぜでしょうね。あら、なにがおかしいの。あたし、変なこと言ったかしら」

「うれしいのですよ。あの怖がりだった真紀お嬢さまと、まさか幽霊の話ができるようになるとは、思ってもいませんでしたから」

「あたしそんなに怖がりだったかしら」

「怖がりなんてもんじゃありませんでした。奥さまのうしろに隠れ、幽霊やお化けの話になると、両手で耳を塞いでおいででしたからね。あまり怖がるものだから、これからは怖い話は止しにしますから、と約束したことがありました」

それは幽霊や化物よりも、はるかに怖いものをみたからにちがいない、と梟助は思っている。

そんなことがあったかしらとでも言いたげに首を傾げてから、真紀は真顔にもどった。

「訊いたことに答えてもらっていませんよ、梟助さん」

「おや、そうでしたかな」

「幽霊はほとんどが女の人だとおっしゃったけど、なぜでしょうねって、お聞きしたのですよ」

「それは、恨みが強いからです」

「男の人だって恨むことはあるでしょう」

「男は自分で恨みを晴らすことができますが、弱い女の人にはそれができません」

お菊の場合は、下心のある殿さま、あるいは嫉妬に狂う奥さまに、皿を隠されてしまうのである。自分の不注意で割った場合でも、折檻された挙句に斬り殺されたり、井戸に身を投げたりする。

そんな理不尽なことはない。死んでも死に切れるものではないのだ。

「魂魄《こんぱく》この世に留まりて、との言い廻しがありますが、体は滅んでも、強い恨みはそれが晴らされないかぎり、消えることはないのでしょう」

「講釈では、お菊が皿を七つ、八つ、九つと数えると、えらいお坊さまが、すかさず十《とお》と唱えます。すると幽霊は消えるのです」

「それが供養ですね。自分ではどうしても数えることのできない十枚という数字を、徳のある坊さんが代わりに言ってあげたから、成仏できたのでしょう」

「そんなことで成仏できるかしら」

「どうでしょう。だが、そういうことになっておりますね」

講釈師にしても、お菊の霊にいつまでも彷徨《さまよ》われていては話が終わらない。高徳の僧を登場させて、都合よく終わらせたのだろう。

まだ若い真紀が、それくらいで恨みが消えるだろうかと疑問に思うのは、梟助にはもっともなことだという気がした。

仕上げ砥石《といし》、さらに朴炭《ほおずみ》で磨ぎ、酸味の強い酢漿草《かたばみ》の汁で油性の汚れを除くと、錫《すず》と水銀の合金を塗って簡易な鍍金《メッキ》を施した。

「梟助さん、梟助さん」

作業を終えて道具類を袋に仕舞い始めると、真紀が呼び掛けた。

「なんでしょう、なんでしょう」

つられて梟助も二声で答えていた。二人は思わず顔を見あわせ、真紀がにこりと笑い掛けた。

「あたしの聴いた講釈は番町皿屋敷で江戸が舞台でしたけど、梟助さんのお話だと姫路になっていましたね」

「お気付きでしたか」

袋を提げて立ちあがると、真紀が袂《たもと》から磨ぎ賃を入れた紙包みを出して渡した。梟助は軽く頭をさげて受け取った。最初から莫蓙の上に置かれているより、このほうが気分もいい。

「今日は待っていただいているお客さまがありますので、次回にお話しいたしましょう」

「きっとよ」

笑顔で応えて梟助は但馬屋を辞した。

裏口から出てしばらく行ったとき、背後で小走りの足音がした。名を呼ばれて振り返ると、但馬屋の奥さまである。

笑ってはいたが、その顔付きはどことなく硬く見えた。真紀がもどってからは、以前のように接していないという、後ろめたさがあるのだろう。ところが娘はいつの間にか梟助と、嫁に行くまえよりも親しい関係を作りあげていたのだ。

「梟助さんのお蔭で娘も立ち直れそうで、なんとお礼を申しあげればよろしいのやら」

「いえ、じいは相も変わらぬ馬鹿話をしているだけです。真紀お嬢さまはちゃんとお育ちですから」

「あの娘《こ》にとって、梟助さんは神さまなのですよ」

「幼いころでしたから、曇っていた鏡が映るようになったのが、よほどふしぎだったのでしょう」

「それだけではないと思います。神さま、仏さま、梟助さま」と、奥さまはちょっと戯《おど》けたような言い方をした。「今、わたしも気付きましたが、梟助さんにだと、とてもすなおな気持で話すことができるのですね」

「ここまで年を取ると、木や石に話し掛けるように、気楽に話せるのかもしれません」

「ほんの気持だけですが」

そう言って、奥さまは紙包みを梟助の手に握らせた。お礼であり、口止め料ということだろう。気持を汲んですなおに受け取り、梟助は頭をさげた。

「これからも、真紀の話し相手になってくださいね」

「あの怖がりだった真紀お嬢さまと、幽霊や怪談のお話ができました」

「まあ、そうでしたか。で、なにか言っておりましたか」

やはり気懸りでならないのだ。

「はい。もどられたと」奥さまの顔がわずかに翳《かげ》ったように思ったので、梟助は静かに続けた。「ただ、それだけです。そのときが来れば話してくれるかもしれないと思いましたので、わたしはなにも訊いておりません」

「梟助さんでよかった。鏡を磨ぐように、娘の心を磨ぎなおしてくれたような気がします」

「いえ、わたしにはとても」

「これからも、話し相手になってやってくださいね」

先に言ったことを繰り返し、梟助に頭をさげると、奥さまは足早に立ち去った。

五

「梟助さん、梟助さん」

廊下の片隅で梟助が鏡磨ぎの準備を始めると、待ちかねたように真紀が話し掛けた。

「本家とか元祖、家元なんてあるのかしら」

前回別れ際に話した皿屋敷の件だろうが、喩《たと》え方がおかしいので、梟助は笑いを堪《こら》えるのに苦労した。老舗《しにせ》の菓子舗か、舞踊の流派のように考えているのかもしれない。

その日は、久し振りに奥さまもいっしょだった。真紀が幽霊の話をするようになったことへの興味と、二人がどんな会話を交わすのかに対する、関心が強かったからだろう。

理由はほかにもあった。

真紀が明るさを取りもどすにつれて、持ちこまれる縁談が多くなっていたからである。

嫁ぎ先から、復縁を求める使いが頻繁に来ていることは、梟助も知っていた。仲人や番頭、鳶《とび》の棟梁《かしら》などが、入れ替わり訪れていたのである。ということは真紀には落ち度がなく、悪いのは相手側ということを意味した。それがわかったこともあって、縁談が急増しているのだろう。

出入りをしているので、梟助もそれは感じていた。また、磨ぎに行くほかのお店《たな》などでも噂を聞いたし、なにかと訊かれることもあった。もちろんなにを訊かれても、「知らぬ、存ぜぬ」で通してきた。

真紀は十六歳で嫁入りし、八ヶ月後に十七歳で不縁となったのである。十八歳になったが、まだ十分に若い。しかもさらに美しさが増していた。妖艶な色香さえ加わったので、嫁にと望む声が多いのは当然かもしれなかった。

母親としては、良縁があれば再嫁させたいだろうから、娘の気持を知りたいにちがいない。

梟助は柄《え》付きの主鏡《おも》から磨ぐことにした。但馬屋での仕事は比較的楽である。短い周期で通うように言われているので曇り方が少ないし、使ったあとはやわらかな布で覆って箱に仕舞うなど、扱いがていねいだからだ。

いや、それ以前に鏡そのものが、めったにお目に掛かることのできぬ極上の「誂《あつらえ》」であった。

お得意さんから紹介され、「鏡磨ぎなら梟助さん」との指名で、ぜひにと但馬屋からたのまれたのである。

初めて磨ぎに訪れたとき出された鏡が誂で、梟助は思わず襟《えり》を正した。

誂は註文に応じて誂えた一点ものという意味だ。鏡面は真っ平《たいら》だが、裏面に文様が彫られている。文様の盛りあがりは、雌型《めがた》では窪みとなっていた。粘土に篦《へら》で直接に描いていくのだが、これに多大な時間が取られる。

完成後、この雌型に鎔《と》かした純良な白銅を注いで鋳造するのだ。雌型を壊して鏡を取り出し、鏡面を磨いて作るので、一点かぎりとなる。これが誂だ。

完成した鏡を粘土の上に置き、足で強く踏みつけて陰刻鋳型をいくつも作り、乾かして銅を流しこむと無数の複製が作れる。鏡が女性の化粧道具として必需品となったため、安価に大量に生産しなければならなくなったこともあった。

「誂」から複製したのが「似《にたり》」で、ほぼ誂に似ているとの意味である。さらに複製すれば「紛《まがえ》」、次が「本間《ほんま》」、「又《また》」、「並《なみ》」、「彦《ひこ》」と七段階に複製されるが、次第に粗悪になるのはやむを得ない。

粘土は乾くと縮むので、回数が進むにつれて、ちいさく、軽くなっていく。当然だが文様は不鮮明になるが、鏡面さえ光り輝いておれば満足して、買う女性も多かったのである。

誂から彦まで、どの程度の変化があるかを見てみよう。

主《おも》鏡は定寸が径八寸で重さが五百匁《もんめ》（一八七五グラム）、誂に比べ最下位の彦では径七寸くらいで百四十五匁（五四四グラム弱）と、径で一寸、重さで三百五十五匁（一三三〇グラム強）も、ちいさく、そして軽くなってしまうのである。六寸、三百匁（一一二五グラム）の合わせ鏡もほぼおなじ比率で、ちいさく軽くなっていく。

鏡は主鏡と合わせ鏡が二面一組として扱われるが、誂は二面で二十両くらい、それが最下位の彦では一分と、八十分の一になってしまうのである。

ちなみに第二位の似は三両で、一点ものの誂がいかに値打ちがあるか、わかろうというものだ。以下、紛二両二分、本間一両二分、又三分、並一分二朱となっていた。

但馬屋の奥さまと真紀は、誂を使っていたのである。女中でさえ彦ではなく又を持っていた。

鏡は半年くらいで曇って映らなくなるので、磨ぎなおして鍍金するのだが、但馬屋では三《み》月か四《よ》月で手入れしてほしいとの註文であった。品物が高品質な上に手入れが行き届いているとなると、仕事は楽である。

最初こそ半年であったが、通っているあいだに周期は次第に短くなって、半分の三月、長くても四月となった。鏡を大切にしているだけでなく、梟助じいさんの話を楽しみにしているのである。

鑢《やすり》、砥石、仕上げ砥石、朴炭、酸、鍍金という六工程の、全部の作業が必要だったのは最初の日だけであった。最近では鑢と砥石は省くことが多いし、仕上げ砥石を使わずに朴炭から始めることさえあった。

曇って映りは悪くなっているが、今回も後半の三工程だけですみそうだ。

「どうやら、姫路の話が番町に移されたようですが」

鏡にのしかかるようにして磨ぎながら、梟助は二人に語り掛けた。

「おなじような話が、各地に残されておりましてね。それぞれ少しずつ、ちがっているそうです」

若くて美しい奉公女が、主人から家宝の一揃いの皿の管理を任されるのが事の起こりだ。ところがそれを何者かに隠されてしまう。

奉公女は、身に覚えがないのに責任を問われ、折檻されて責め殺されるか、自分から命を絶つ。それからは夜ごと、女の幽霊が皿を数えるのである。奉公女の祟《たた》りにより、主人が狂死するなどの禍《わざわい》が起こって、その家は滅ぶ。

梟助が話の構成を話すと、奥さまが首を傾げた。

「そんなに大切な品を、なぜ奉公人に任せたりするのかしら。料理を盛るとか、あとで洗うぐらいなら奉公人にやらせてもいいでしょうけど、出し入れは奥方がすべきだと思いますよ」

「ごもっとも。ただ、それには理由《わけ》が用意されておりましてね」と言ってから、梟助は奥さまに訊いた。「皿屋敷のお話はご存じですか」

「ぼんやりとは、どこかで聞いたような気がしますけど」

前回真紀に語った落語「皿屋敷」の粗筋を、梟助は奥さまに話して聞かせた。

「あたしの聴いた講釈ではね」と、真紀が母親に言った。「主人がお菊さんに振られた腹いせに、お皿を隠すのではないのです」

正月の祝いに、膳具《ぜんぐ》に料理を盛り付けていると、猫が焼物の魚を銜《くわ》えて逃げ出す。驚いたお菊が落としたので、皿は微塵《みじん》に割れてしまうのである。

「足を滑らせて転び、皿が割れるというのもあります。また、隠すのが主人のこともあれば、奥方の場合もありましてね。幽霊が出ないとか、皿を数えない皿屋敷の話もあるのですよ」

「幽霊が皿を数えるから怖いし、だから皿屋敷なのでしょう」

真紀の問いには答えずに、梟助は声色《こわいろ》で数え始めた。

「一枚、二枚、三枚」

まーい、と震え声を伸ばして数えると、思わずというふうに真紀が両手で耳を塞いだ。それは嫁入り以前の、いや、怖がりだった幼女のころの仕種《しぐさ》と顔であった。

だが一瞬で両手を外した真紀は、照れたような笑いを浮かべた。見られているのを知って、ペロリと舌を出した。

六

梟助は続けた。

「数が一枚ずつ増えていくから、お菊さんの恨みと哀しみが次第に高まっていきます。皿を数えたほうが、凄味が出ると考えた人がいたのかも知れませんね。最初に書かれた書物では、数えないそうです」

聞いた話ですが、と断って梟助は二人に話した。皿屋敷伝説の一番古い話は、永良竹叟《ながらちくそう》が天正五（一五七七）年に出した『竹叟夜話』という書に出ているらしい。

徳川家康が江戸入りしたのが天正十八（一五九〇）年八月一日だから、その十三年まえに上梓《じょうし》された本である。嘉吉《かきつ》年間（一四四一～四）の出来事なので、『竹叟夜話』の出る百三十五年ほどもまえの事件ということだ。

当然、竹叟が言い伝えをまとめたということになるが、百年も経っているのだから、正しく伝承されたと言い切ることはできないだろう。

次のような物語だという。

播磨国《はりまのくに》青山の館代をしていた、山名家の家老が寵愛する妾《めかけ》に、色好みの郷士《ごうし》が懸想《けそう》して口説くがなびかない。そこで郷士は、山名家から拝領した五ツ組の盃の一個を隠してしまう。

妾は家老だけでなく郷士にも折檻され、庭の松の木に吊りさげて殺される。その後、妾の怨念が家老一家に仇《あだ》をなした。

これが次第に変化して、のちの「播州皿屋敷」となったと思われる。

「このまえ真紀お嬢さまのお聴きになられた講釈は、番町皿屋敷で江戸が舞台、じいの話したのは播州姫路でした」

そこでようやく梟助は、前回の話に繋げることができた。

「ばんしゅうとばんちょうは、読みが少しちがうだけなので、播州が番町に移されたのだと考えられます。青山の館代をしていた家老が、講釈では旗本の青山主膳、落語では青山鉄山になったのは、地名が人名に変わったと考えられます。それからもわかるように」

「播州皿屋敷が先なのですね」

真紀に言われて梟助はうなずいた。

「番町と言っても場所はさまざまです。青山主膳の屋敷は牛込御門内五番町と書かれていますが、単に江戸牛込とか牛込御門内、あるいは牛込御門向角などと、はっきりしません。五番町と書かれた青山主膳にしても、そこに住んでいたという記録はないのです」

「本に書かれたことは本当だと思っていましたけど」と、奥さまが意外でならないという顔になって言った。「かならずしもそうではないのですね」

「少なくとも番町皿屋敷は、播州の作り変えだと思いますよ」

「はっきり本物だとわかるのは、どこかにないのですか」

「見極めるのは難しいかもしれません」

例えば、証拠の皿が保管されている所があるが、それもさまざまだ。割れた皿が残されているかと思うと、十枚一組の内の九枚が伝えられている所もある。

お菊が入水《じゅすい》した井戸もあちこちにあり、その近くにはお菊稲荷やお菊神社があることが多い。だが事実か、単なる言い伝えかをたしかめるのは、極めて困難だろう。

どの話にもほぼ共通するのは、身に覚えのない罪を被せられた若い女が、主人に斬り殺されるか、自殺に追いこまれるという点だけである。

「江州彦根にある長久寺は、長久年間（一〇四〇〜四）に開かれた名刹《めいさつ》で、のちに彦根井伊家の守護祈願寺となったそうです」

その寺にお菊の皿が残されているという。

語り継がれてきた伝説は次のようなものだ。

井伊家の足軽大将孕石《はらみいし》備前は、大坂冬の陣（一六一四年）の軍功により、藩主から、増禄の代わりに、南京古渡りの白磁の皿十枚を与えられた。以来この皿は孕石家の家宝として代々受けつがれて来た。

四代藩主直興（延宝四年～元禄十四年＝一六七六～一七〇一）のころ、孕石家当主の政之進は五百石を与えられて、西馬場町の屋敷に住んでいた。

政之進は同家の侍女として奉公していた足軽の娘お菊と、いつしか相思の仲になる。かれには亡き親が決めた許婚《いいなずけ》があり、後見人である叔母に挙式を急き立てられていた。お菊はそれが心配でならない。

考えあぐねた彼女は、政之進の本心を確かめたいとの一心から、家宝の皿の一枚を、故意に割ってしまう。大事な皿を落として割ったとお菊から聞いても、政之進は、過ちはしかたがないと気にもしない。しかし、やがて真相が明らかになった。

政之進は残りの皿を持ってこさせ、お菊の面前で九枚すべてを割ってしまう。「家宝の皿など惜しくはない。生涯をともにしようと約束した己のまごころを疑われ、皿と菊のどちらが大事かと試されたのでは武士の意地がたたぬ」と、血を吐くような言葉とともに、その場でお菊を斬り殺した。

遺体と割られた皿は、お菊の実家に下げ渡された。皿は菩提寺に納められたが、のちに廃寺となったため長久寺に移されたという。

なお長久寺の寺伝では、夏の陣、三代藩主直澄のころとなっていて、言い伝えとはちがう部分もあるそうだ。


「お気の毒」

真紀がつぶやくと奥さまも同意した。

「思う人に許婚がいて、後見人の叔母に急かされているのだもの、お菊さんが焦《あせ》るのもむりはないと思うわ、母さん」

「ううん、お気の毒なのは政之進さんのほう。一生添い遂げようと思っていた相手に、真心を試されたのですもの。そんな哀しいことはないでしょう」

「でも、斬り殺すことはないですよ。お菊さんに暇《いとま》を出して、許婚といっしょになったほうが、幸せになれるわ。だって相手は、いわば下女でしょ。足軽の娘だもの、五百石取りとでは家の格がちがうから、うまくいかないに決まってる」

真紀はなにか言いたそうであったが、思いなおしたのか、母親ではなく梟助に訊いた。

「政之進さんはその後どうなったの」

「それがよくわかりませんでね。ただ、お菊さんが夜ごとのように皿を数えるとか、孕石家に祟ったとの言い伝えは、残されていないようです」

「自分でお皿を割って、相手の真心を試したのですもの、恨んだり祟ったりはできませんよね」

真紀がそう言うと、今度は奥さまの方がなにか言い掛けて口を噤《つぐ》んだ。

母親は殺されたお菊に、娘の真紀は言い交した相手を斬らなければならなかった政之進にと、同情する対象が完全に逆であった。おなじ出来事に対して、二人の女性の、それも母娘で感じ方がちがうのである。

人という生き物はふしぎだ、と梟助はしみじみと思った。

「では、待っていただいているお客さまがおりますので、今日はこの辺で」

「ご苦労さまでした」と、磨ぎ賃の紙包みを渡しながら奥さまが言った。「次も早めに来てくださいね」

「いろいろなお話が聞けて、本当に楽しかったわ」と、真紀が言った。「それにしても梟助さんは、どうしてそんなに、なんでもご存じなのかしら」

「鏡磨ぎをしていますとね、あちこちに伺いますので、たくさんの人にあれこれ教えていただけるのですよ」と、袋を手に梟助は立ちあがった。「それでは、また寄せてもらいますので」

七

皿屋敷の話について語りあってからというもの、真紀はそれまでのように怖い話を避けることがなくなった。むしろ、怪談噺に限らず、さまざまな怖い話を聞きたがるようになったのである。

奥さまはもともと好きであったので、親子で怖い話を聞けるのがうれしそうであった。

「怖がりだったころの真紀お嬢さまからは、考えられませんね。大人になって、怖いものがなくなったのですか」

「怖いものはやはり怖いですよ。あたしが臆病なのは、子供のときとちっとも変わっていません。でも、怖い話も聞きたいなと思うようになったの」

但馬屋の母子は梟助にとって、話しがいのある聞き手であった。驚いたり、怖がったり、おもしろがったりしているのが、正直に目や表情に出る。心の震えや弾みが、話していても伝わって来るのが感じられた。

頬が紅潮し、身を乗り出し、夢中になっている。それがときおり、言葉になってしまうこともあった。

「ほんとにこの話、ちょっと怖いわね」

絶妙としか言いようのない呼吸で、真紀の唇から言葉が漏れる。

「ね、それからどうなるの」

怖いけれど次が聞きたいとの思いが、結晶したように感じられた。話の腰を折られて続け辛くなることはなく、その逆であった。合いの手にも似て、弾みを付けるかのように、絶妙の間合いで声が掛かるのだ。

鏡磨ぎのおりに話を聞くのは、母娘がいっしょのことが多いが、母だけ、娘だけのこともある。

その日は真紀一人だったので、彦根の皿屋敷の件について聞いてみた。

「親子ではっきりと考えがわかれましたね、あのとき」

「母さんがお菊さんを気の毒がるのは、わからないでもないけれど」と、少し間を置いて真紀は続けた。「でも、お菊さんのしたことは狡い。嘘を吐《つ》いた訳でしょ」

「そうなりますな」

「政之進さんはお菊を信じて、過ちはしかたがないと咎めませんでした。ところがお菊が自分を試すために嘘を吐いたとわかったのですもの」

真紀はそこで黙ってしまった。お菊さんがいつの間にかお菊と変わっていた。完全に気持が政之進に傾いている。ややあって真紀は続けた。

「政之進さんは、親の決めた許婚よりお菊を選びました。お菊が自分が生涯をともにしようと決めたその相手に、試されたんですよ。ところが皿を割っても咎めなかったのは、家宝の皿なんかに比べられないほど、お菊が大事だということでしょう。母さんにはそれがわからないのかと思うと、哀しかったわ」

「試されたことが、なかったからかもしれませんね」

「そうかしら」

「ちょっとしたことで試したり試されたりは、だれだって覚えがあるでしょう。だけど自分の一生がかかったような一大事で、そのようなことを味わわねばならん人は、ほとんどいないと思います」

「だからね。母さんが、でも、斬り殺すことはないですよ、と言ったのは。政之進さんが殺さねば、お菊は死ぬしかない。残りの九枚の皿を割ったあとで暇を出されたら、お菊は死ぬしかないのよ。だから政之進さんは手に掛けたのだわ。それだけ、お菊を大切な人だと思っていた。政之進さんが全部の皿を割ったとき、お菊は自分がいかに浅はかで、愚かなことをしたか、はっきりと気付いたと思う。それを知ったら、とても生きてられないでしょう」

なにかに取り憑かれたように、真紀は一気に喋った。まるで熱に浮かされでもしたようだ。

「お菊は憐れだと思う。哀しかったと思う。でも、政之進さんの味わった悲しみとは比べようもない。政之進さんの哀しみが海だとしたら、お菊の哀しみは、俄雨が作った水溜りでしかないわ」

見たこともない真紀がそこにいた。

梟助に話し掛けているのだが、梟助はそれだけでないのを感じていた。目は梟助に向けられていても、梟助だけを見ているのではないと感じられたのだ。

梟助に、母親に、お菊に、政之進に、真紀自身に、さらには真紀にしかわからぬだれかに、ひたすら訴えかけているようであった。

おそらく真紀も試されたのだ、いっしょになった相手に。だから婚家を飛び出したにちがいない。

非に気付いた相手に復縁を求められても、とても応じる気になれぬほど、深い傷を負ったのだろう。それゆえに政之進の哀しみが、心の痛みがわがことのように理解できたのだ、と梟助は思った。

語り終えた真紀は瞑目した。

先程までの激情が、刷毛《はけ》でひと掃《は》きされたように消えていく。瘧《おこり》が落ちたようであった。あとには静謐《せいひつ》でおだやかな表情が残った。

そっと目を開けた真紀が梟助に微笑んだ。なんと美しい笑顔だろう。梟助は慈母観音を見た思いがした。

真紀を見る梟助の瞳に、じわじわと感動が湧きあがってきた。

人が生まれ変わる瞬間に、いや、新しい人が生まれた現場に立ちあった、そんな気がした。そう実感したのだ。

言葉にできず、梟助は何度もうなずいた。それに応じて真紀の微笑みが、波紋が拡がるように、明るさと輝きを増して行った。

八

梟助が真紀の再嫁を知ったのは、その半年後であった。

嫁ぎ先でも鏡磨ぎをしてほしいと頼まれ、まえにも言ったように二人の職人が、と言おうとして真紀の笑顔に気付いた。彼女が忘れている訳がない。ということは……。

「どちらさまで」

先方の名を言われたが、思ったとおりであった。

「あのお店《たな》でしたら、わたしが磨がせてもらっていますので、真紀お嬢さまの、いや、若奥さまになられるのですな。じいはよろこんで磨がせていただきますよ」

少し躊躇《ためら》いを見せてから、真紀が照れたような顔になって言った。

「あたし、二度とお嫁には行くまいと思っていたんですよ。でもね、梟助さんに皿屋敷のお話を伺ってから、気持が変わったんです。ああ、あたしはなんて狭い心でいたんだろうって」

彦根の皿屋敷の話について梟助から聞いたときには、お菊の浅はかさと政之進の哀しみだけが、強い印象として残った。ところが時間が経つにつれて、それだけでないと考えるようになったらしい。

「政之進さんは武士としての面目を潰されたのですから、怒りで胸が一杯になったと思います。哀しみより、お菊さんを絶対に許せないという激しい怒り、憤りで、なにも見えなくなったにちがいありません」

かっとなって斬り殺してしまったが、ときが経つにつれて、己が短慮を後悔したのではないだろうか。同時に自分がそれだけの男でしかないということを、見せつけられたはずである。

あのとき呼び捨てにしていたお菊に、さんが付けられていた。真紀はまたひと廻りおおきくなったようだ。

「暇を出すべきだったと思ったかもしれませんが、そうすればお菊さんは自害するだろうと、自分を納得させるしかなかった、そんな気がしたのです」

お菊の場合も深く考えずに、浅はかだと決め付けてしまったようだ、と真紀は言った。

「叔母さまからどのくらい急かされているのかを考えませんでしたが、心配でならないほど差し迫っていたのかもしれません。あるいは政之進さんが気の弱い男で、叔母さまに押し切られそうな気配があったのかもしれません」

万が一そんなことになれば、お菊はすべてを失ってしまう。なんとかして政之進の気持を知りたいと思うのは、娘心として当然ではないだろうか。

「人にはいろいろな面があるし、都合もあるのだから、簡単に決め付けてはいけないと思いました。あたしがお菊さんの浅はかさと、政之進さんの哀しみに捕われてしまったのは」

「真紀お嬢さま、それ以上はおっしゃらないでください」

「なぜ止めるの」と言ってから、真紀はハッとなった。「梟助さんにはわかっているのね」

　梟助はかすかにうなずいた。

「お辛いでしょうから」

「もう大丈夫だから、言ってみて」

「本当によろしいんですね」

「ええ。わたしね、強くなったのよ」

「真紀お嬢さまも試されたのでしょう」

「やはり、梟助さんにはわかっていたのね。あたし思いなおしたの。試されたくらいで逃げ帰っていたら、いつも逃げてなければならないって。でもね、今度は大丈夫」

「大丈夫ですとも」

「梟助さんが鏡を磨ぎに来てくれるのだから、なにかあったら相談できますから」

「じいなんぞに相談しなくても、なにもかも自分で決めて、やってゆけます」

真紀が嫁いでから初めて但馬屋に寄った梟助は、奥さまにこう言われた。

「あの娘はね、梟助さんがあちらに二十年も出入りしていると知ったので、だったらお店も当人もまちがいないだろうと、嫁入りを決めたそうですよ」

「さようでございましたか。だといたしますと、じいにとってこれほどうれしいことはございません」

鏡を磨ぎ終わって但馬屋を出た梟助は、二町ばかり歩いてから、呼び声を張りあげた。

「鏡磨ぎ。カガミ・トギー。ピッカピカに磨ぎます磨きます。いくら自慢のお顔でも、鏡が曇れば映りません」

道行く人が振り返るくらい、梟助の声は明るく弾んでいた。

熊胆《ゆうたん》殺人事件

一

「お殿さま、お顔の色がずいぶんよくなられました」

梟助《きょうすけ》じいさんの言葉に、尾島鑓右衛門《やりえもん》は意外そうな顔になったが、すぐに頰が緩んだ。

「一瞥《いちべつ》してわかるほど、ちごうておるか」

「お色だけでなく、艶と張りも見ちがえるばかりに」

「人に薦められ、半年ほどまえから熊胆《ゆうたん》を服用しておってな」

「熊の胆《い》を、でございますか」

鑓右衛門の目が光ったが、道具類の片付けに掛かっていた梟助は気付かない。

神田猿楽町には大身旗本の屋敷が多いが、二千三百石の尾島家の屋敷は千坪の広さがあった。塀に囲まれた屋敷地には、池泉《ちせん》が設《しつら》えられ、樹木も多く、小鳥の啼き声が聞こえるくらいでひっそり閑としている。

鏡磨《と》ぎをたのまれて屋敷に出入りしているうちに、たまたま声を掛けられ、なぜかはわからないが、梟助は殿さまにすっかり気に入られてしまった。

出入りするなら、仕事が終わっても鐺右衛門の下城まで待つようにと、一つだけ註文が付けられている。だからじいさんは奥方たちの鏡が曇るころを見計らい、いつも七ツ（午後四時）ごろに裏門から入ると、外縁《そと》に近い庭で鏡を磨ぐ。終わると女中が酒肴を運び、鐺右衛門が姿を見せるのであった。酒を飲みながら語りあいたい、でなければ梟助の話を聞きたい、らしいのである。

「いつも奇妙でならんのはな、梟助が以前はなにをしておったか、ということなのだ」

「なにを、と申されましても、ずっと鏡磨ぎでございますが」

「先程、熊胆を服用しておると言うと、打って返すように熊の胆だと申したな」

「へえ」

油断していた訳ではないが、迂闊であったと梟助は後悔した。

「即座に言えるのは医者か、生薬屋《きぐすり》、それに一部の学者くらいにかぎられておろう。大抵の者は、熊胆という言葉すら知らんはずだ」

「そのことでしたら、教えていただいたのでございます。この仕事をやっておりますと、さまざまなお方と知りあいになれまして、お話を伺うことができますので、本当に楽しゅうございます」

「医者の家にも出入りしておるのか」

「熊胆のことは八丁堀の旦那、つまり町奉行所の同心の方に教えていただきましたので」

「町方の同心に熊胆のことを聞いたのか。真《まこと》であろうな」

「お殿さまに嘘を吐く道理がございません」

「その者も熊胆を服用いたしておるのか」

「行商の熊の胆売りが殺されたことがあったとのことで、それを調べていてわかったそうでございます」

「ほほう、おもしろそうだな。どうだ梟助、一部始終を話してはくれぬか」

「ご勘弁ねがいます。そのお方は、この梟助がだれにも洩らさぬことをご存じだからこそ、話してくれたのでございます」

「同心を裏切ることになるから話せんと申すか。天晴れな心掛けである」と言ってから、鐺右衛門は不機嫌な顔になった。「だが、気に喰わん。なぜと申すに、わしがだれぞに話すかもしれぬ、との含みがあるからだ」

「決してそのような」

「役目の上で知ったことを洩らすことは、固く禁じられておる。だからその同心は罪を犯したことになるぞ。わしが年番方の与力か同心に……。どうした、そんなことをすると思うておるのか」

「いえ、滅相もない」

「他言はせん。おまえが熊の胆売り殺しの一件を、話してくれさえすればな」

梟助の腋腹《わきばら》を冷たいものが流れ落ちた。

相手が旗本の殿さまということもあって、梟助は常に細心の注意を払っていた。身分の隔たりがあまりにもおおきすぎるので、通常なら謦咳《けいがい》に接することすらあり得ない。

ところが身近にいて、しかも言葉を交わすことを許されているのである。朋輩《ほうばい》と語るように話してよいぞ、とも言われているが、とてもそんなことのできる相手ではなかった。

注意を払うのは身分差からだけではない。

二人の遣り取りが楽しくてならないと鐺右衛門は繰り返し言うし、梟助の話がおもしろいと、膝を叩いて大笑いすることもある。ところが揚足《あげあし》を取って、梟助が困惑するのを見てにやにやするという、意地の悪いところも持ちあわせていた。

さらに梟助を贔屓《ひいき》にしてくれる客たちの多くがそうであるように、かれをただの鏡磨ぎだとは思っていないのだ。なんとかして、前職、それも一つとは見ていないようだが、以前にやっていた仕事のことを喋らせようとするのである。

ところが今日、梟助はうっかりと、失敗を二つも犯してしまった。

熊胆と聞いて、すかさず熊の胆と言ったのである。そして鐺右衛門に強引に言わされはしたが、町奉行所の同心から聞いたと打ち明けてしまったのだ。

そう言えば同心には、「わしらは役目のことについて、町方の者以外に洩らしてならぬのだが、梟助じいさんだから話してやろう」と言われていたのである。

荷物を預けた恰好で、鐺右衛門は手酌で飲み始めた。

一つでも並大抵ではないのに、二つとなるともはや逃れようはない。梟助は腹を括《くく》るしかなかった。

梟助は困惑に顔を歪ませていたが、おおきな溜息とともに言った。

「お殿さまがどなたかに話されることはないと信じておりますので、お話しいたします」

ただ、何年まえだとか、北か南かなどは、御奉行さまがどなたかの判断材料になるし、何組のだれそれ支配で、なども障りがあるので省き、おなじ理由で名前も変えさせてもらいます。また、同心から聞いた話をなるべくそのまま話しますので、お気に障ることがあるかもしれませんが、ご容赦ねがいます。

念のため梟助はそう断った。

「そちがどういう人間であるかは心得ておる。わしのことなど気にせず、話したいように話していいぞ。ただし、なるべく詳しくな」

そのように釘を刺されたこともあって、普段の贔屓客に語る気楽な話し振りとはちがった、まさに異例としか言いようのないものになってしまった。

幸運であったのは、熊の胆売り殺しの話を同心に聞いて十日と経っていなかったことである。半年にわたる事件が解決し、満足感もあって同心は話してくれたのだろう。内容が面白いので、梟助は細かな部分まではっきりと記憶していたのだ。

それではできるかぎり同心に聞いたままを、と言って梟助は話し始めた。

二

霜月《しもつき》（十一月）の晦日《みそか》のことであった。夜の五ツ（八時）ごろに、提灯《ちょうちん》を提げた商人が不忍池《しのばずのいけ》の畔《ほとり》を通り掛かると、暗闇で人がもつれあっていた。

「どうなさいました」

声に驚いたのか動きは止まったが、次の瞬間、ギャッという悲鳴がし、同時に逃げ去る足音がした。

商人が提灯を差しあげながら近付くと、弱々しい呻き声がする。あわてて駆け寄ったが、男が仰向けに倒れていて、血の匂いがした。

「大丈夫ですか」

商人の問いに、相手は「ぬし」とか「ぬせ」とか、はっきりしない言葉を洩らした。

「なんとおっしゃいました」

返辞がないので腰を屈めて提灯を顔に近付けたとき、男が胸に当てていた手が、力なく地面に落ちた。手と胸が血で濡れているのを見て、商人は夜道を走り、一番近い茅町《かやちょう》の自身番に駆けこんだのである。

自身番に詰めていた家主は番人に医者を呼びにやらせ、その帰りに一番近くの岡っ引の駒三に報せるように命じた。

連絡を受けた駒三は、手下を八丁堀の定町廻《じょうまちまわ》り同心の屋敷に走らせ、自分は二人の手下を連れて駆け付けた。

すでに医者が来ていて、駒三の顔を見るなり首を振った。

「心の臓は掠《かす》ったくらいだが、血の管を裂かれたのが致命傷のようだ」

大量の出血で即死に近かったらしい。

「あの」と言ったのは、顔を強張らせた商人である。「ぬし、とか、ぬせ、とひと言」

近くの家で戸板を借りて死人を乗せると、手下二人が運んだ。

自身番屋の奥は三畳の板の間になっているので、戸板に乗せたままそこに死骸を安置した。

改めて見なおすと、頬被《ほっかむ》りをして菅の編笠を被っている。どうやら山猟師らしいが、裁着袴《たっつけばかま》に脛《すね》当て、草鞋《わらじ》の先は、なめし革の爪掛《つまが》けで覆っていた。灰色の毛皮を着、おそらく熊だろうが黒い毛皮の胴乱《どうらん》を腰にさげている。煙草入れを帯にさげ、獣の骨を根付代わりにしていた。

髭の濃い男で、三十代の半ばと思えた。

「鋭い刃物でひと突きにされてますな」

医者が検《あらた》めたが、傷は左胸の一箇所のみである。

目撃したのは商人一人で、提灯の明かりだけということもある。逃げた男の、いや、男か女かさえ定かでないが、足音しか聞いていないのでは、どうしようもなかった。

定町廻り同心の佐渡萬一郎《まんいちろう》が、検視役の同心とともに駆け付けた。

「マタギと呼ばれている山猟師のようだな」

ひと目見るなり同心はそう言った。

「死ぬ間際に、ぬし、とか、ぬせ、と言ったらしいんですが」

駒三の言葉に商人はおおきくうなずいた。

「ぬし、ぬせ、か。ふむ」首を傾げてから萬一郎は言った。「この男は恐らく熊の胆売りだろう。連中は、ひと目でそれとわかる恰好をしている。いわば、てめえが歩く看板ということだ。いくら山猟師でも、熊の胆売りでなきゃ、お江戸をこんな恰好で歩きはしない」

「熊の胆売りねえ。それにしちゃ、見たことありませんが」と、駒三の手下が小首を傾げた。「こんな妙な恰好してりゃ、一度見たら忘れられないと思いやすがね」

「熊の胆一匁《もんめ》が金一匁と聞いたことがある。目玉が飛び出るほどの値ゆえ、買い手は決まっているのだろう。街中を売り歩く訳じゃねえ」と、そこで少し考えてから萬一郎は続けた。「金を持っているのを、あるいは受け取ったのを見ての、行きずりの物盗りかもしれん。そうなると、ちと厄介だ」

「ともかく当たってみやすが、宿は旅籠《はたご》か木賃《きちん》宿でしょう」

駒三の言葉に萬一郎はうなずいた。

「これじゃ一流の宿は泊めぬだろうよ」

駒三が手下の一人に声を掛けると、待ってやした、と威勢のいい返辞をした。

「まずは馬喰町《ばくろちょう》辺りの旅籠を当たってくれ」

「宿を見付けたら、連れはおらぬか、だれか訪ねて来た者はねえか、ですね」

「ほう、ちったあ、わかってきたようだな。で、おめえは」

と、べつの手下を見た。

「日本橋本町三丁目。生薬《きぐすり》屋が軒を並べておりまさあ」

「待った、梟助」と、鑓右衛門が手を挙げて中断させた。「なるべく同心に聞いたままに話すと申したな」

「さようで」

「偽りを申すではない。そちの作り話ではないのか」と、鑓右衛門は梟助に指を突き付けた。「駆け付けた同心が、ひと目見てマタギと言ったのだろう。同心はそれまでのことは知らんはずだ」

「あの方たちは、なにがあったか、話がどんな遣り取りだったか、そのときなにを考えたか、などをしょっちゅう話されているので、お互いに大抵のことはおわかりなのですよ」

鑓右衛門は、納得した訳ではないという顔をしている。

「同心の佐渡萬一郎さまはお話が上手でしてね、順番に、わかりやすく、しかもみなさんの声色《こわいろ》を使って話してくださいました。ですので、絵巻物を見でもするように頭の中に納まるし、そっくり思い出すことができるのでございます」

「わかった。続けてくれ」

「翌日の朝、二人の手下は張り切って飛び出して行きましたが、話は思いもかけぬ方向に進むことになりましてね」

三

と、梟助は続きを話し始めた。

なにしろ目立つ身装《なり》をしているので、投宿先は相馬屋だとすぐにわかった。問われた番頭は、茂吉という出羽の者が泊まっていると言う。

前夜、茂吉は夕飯を終えると、遅くとも四ツ（十時）にはもどると言い残し、大風呂敷に包んだ葛籠《つづら》を預けて出掛けた。ところがもどらないので心配していたのだと言う。

「行先は言わなかったのだな」

「はい。昼になってもおもどりでなければ、自身番に届けようと」

「気の毒だがもどることはねえ。昨夜《ゆんべ》、不忍池の畔で殺された」

手下は番頭といっしょに行って、茂吉かどうか確認してもらうことにした。

歩きながら聞いたところ、茂吉は毎年、霜月の終わりか師走《しわす》（十二月）の初めに来て、二泊か三泊するとのことであった。そしておよそ半年後の、田植えが終わったころにもやって来た。

ほとんど喋らないが、微酔《ほろよい》のときに洩らしたところによると、どうしても熊の胆でなければという客が、商売が成り立つくらいの数は江戸にもいるらしい。

熊の胆の売りさばきは、豪農や田舎の大店《おおだな》の主人、藩の老職などが主な客とのことである。江戸まで来る売り手はあまりいなかった。

江戸への往復では、うっかりすれば路銀と宿代で足が出るが、五割増、場合によっては倍でもいいとの、顧客がいるのでやっていけるようだ。

茂吉は強い訛《なま》りはあったが俚語《さとことば》ではなかったので、ゆっくり喋ると、言っていることは理解できた。もっともそうでなければ、江戸で商売することはむりである。

毎年のように泊まっていくが、いつも一人だと番頭は言った。身内や、仲間の山猟師が訪ねて来たことはないらしい。

茅町の自身番に出向くと、死骸はすでに近くの寺に移されていた。寺に行くと、住持は不在だとのことで、納所《なっしょ》坊主が本堂裏の小部屋に案内してくれた。

「これは茂吉さんじゃありません」

北向きに寝かされた遺体の顔を覆った白布を取るなり、番頭が素っ頓狂な声を出した。

「茂吉さんなら右の眉に、斜めに肌がはっきり見える傷があります」

手下は納所坊主に、遺体はしばらくこのままにしておいてくれと頼んだ。自分は茅町の自身番に報せ、その足で八丁堀の旦那のもとに走って指示を仰ぐことにするから、と。

多分、仮埋葬《かりうめ》になるだろうが、それに関しては役所で決めるだろう。住持がもどられたら、よく事情を話しておいてくれと頼んだ。

続いて手下は相馬屋の番頭に言った。

「長いことすみやせんでした。お引き取りいただいてけっこうでやすが、のちほどお聞きせねばならぬこともあると思いやす。出掛けるときは、行先ともどる時刻を、店のだれかにかならず報せておくようたのみます」

その足で茅町の自身番に走って事情を話した手下は、同心の萬一郎と駒三親分たちを待った。定町廻りが巡回する道順は決まっているので、先廻りしていたのである。

「親分は相馬屋に行ってくれ」と萬一郎が言った。「番頭が話し忘れていたことや、思い出したことがあるかもしれん」

「茂吉とやらが預けた葛籠の中身も、気になりやすね」

　その夜、同心佐渡萬一郎の組屋敷に、駒三親分と手下たちが集まった。

「相馬屋の番頭の話では、泊り客の茂吉は四ツ（午後十時）までにもどると言って出たが、もどらなかった」と萬一郎が言った。「旅籠を出たのは六ツ（六時）だ。五ツ（八時）ごろ、茅町の不忍池のほとりで山猟師が殺されている。翌日、番頭といっしょに死骸をたしかめに行くと、相馬屋に泊まった茂吉ではなかった。では殺されたのはだれで、茂吉はどこへ消えたのか」

「行きずりの物盗りの線は、恐らくねえでしょう」と駒三が言った。「殺されたのが山猟師で、おなじ山猟師の茂吉が姿を晦《くら》ませた。関係がなければ、四ツまでに相馬屋にもどっているはずです」

「葛籠を預けているのだから、素知らぬ顔でもどって、翌朝《よくあさ》宿を出ることもできる」

　萬一郎の言葉に駒三はうなずいた。

「そうしなかったのは、返り血を浴びたか、証拠となる品をなくしたなどの、理《わ》由《け》があるからでしょう。となると残るは葛籠でやすが」

御用の筋だからと番頭に開けさせたが、手掛かりになるようなものは見付からなかった。念入りに調べたが、底を二重にしたような細工もない。中は細かく区切られ、それぞれの仕切りには、ちいさな紙袋に小分けにされた薬が入れられていた。

「そのことでやすがね」ようやく自分の出番だとでも言いたげに、日本橋本町で聞きこんできた手下が口を挟んだ。「熊の胆売りが売るのは、熊の胆だけじゃないそうです」

生薬屋で訊いたが、熊はなに一つとして捨てるところがないとのことであった。毛皮は敷物や防寒着になるし、肉を食べるとお産が軽いと言われ、妊産婦に食べさせる。

そのほかもすべて薬となった。

熊の胆は胆嚢《たんのう》で胃腸の特効薬だが、肝臓を乾《ほ》した粉末は心臓と労咳《ろうがい》（肺結核）に効くそうだ。骨をすりつぶして粉にし、酢または酒で練りあわせて塗ると打ち身によく、焼いて粉末にして呑めば、血圧や頭痛の薬となり、虚弱児にも効果があるとのことだった。

血は捕獲した現場で腸に詰めて持ち帰り、乾して粉末を用いる。頭痛、疲労回復によく、また強壮剤となった。舌を乾してその粉末を呑むと、熱冷ましや傷薬として効果がある。熊の掌《てのひら》の肉は、強精剤として絶品だと言われている。

「おめえの能書きが長いってことは、あまり聞き出せなかったってことだな」

「旦那にかかっちゃ、ごまかしは利かねえ。そのとおりでして。何軒かの生薬問屋を廻りやしたが、茂吉とか山猟師の熊の胆売りは、出入りしていませんでした」

生薬屋では熊の胆を熊胆と呼んでいるが、薬用人参を城主だとすると、熊胆は国家老に喩《たと》えられる薬物である、とか、「良薬口に苦し」の諺は、そもそも熊胆から生まれた、などということは教えてくれた。

「なるほど、そこで熊胆が熊の胆だとわかったわけだな」

「疑いが晴れたようですので、今日はこの辺りで」

「まて、まだ酒が残っておる。それに話がおもしろうなって、そこでやめられてはわしが眠れんではないか」

と鑓右衛門に言われては、梟助も続けるしかない。

「ところが材料の仕入れだとか、熊の胆の作り方、売り捌《さば》き方などになると、よくは存じませんで、などとはぐらかされてしまいます。さんざん苦労してなんとか訊き出せたのは、薬種問屋や生薬屋などは、茂吉たちとは仕入先がちがうということでした」

四

「ちがう、とは」

鐺右衛門に問われて梟助は答えた。

「茂吉たちはツキノワグマですが、薬種問屋はヒグマのようでして」

「ヒグマが居るのは蝦夷《えぞ》地であろう。どうやって手に入れるのだ」

「蝦夷地のアイヌと呼ばれる人たちが、質のいい熊の胆を作っていたそうです」

「今は作っておらぬのか」

「ヒグマを捕えると、松前藩のお役人が立ち会って毛皮と熊胆を取りあげ、アイヌの人には肉しか渡さないのだそうです。取りあげた熊胆は、松前藩から仲買人を通じて薬種問屋に流れているらしいとのことで」

「それで山猟師は、薬種問屋や生薬屋に出入りしていないのだな」

梟助がくすりと笑った。

「なにがおかしい」

「お殿さまとてまえの今の遣り取りですが、同心と下っ引がしたのと、ほとんどおなじでしたので」

普通のツキノワグマは二十貫（七五キログラム）ほどで、取れる熊の胆、つまり熊胆は十匁（三七グラム強）ほど、八十貫（三〇〇キログラム）のヒグマからは三十二匁（一二〇グラム）くらい取れる。

梟助はその数字をはっきりと覚えていたが、鑓右衛門には黙っていた。勘繰られそうな気がしたからだ。

八十貫からたった三十二匁しか取れないので、熊の胆一匁金一匁と言われるのである。ゆえに真正《しんせい》、つまり本物の熊胆は極めて少ない。そのため偽物が作られ、混ぜ物をして量を増やしているのだ。

翌朝、佐渡萬一郎の屋敷に、相馬屋の番頭がやって来た。

昨夜、山猟師の茂吉が葛籠を取りに現れたという。番頭が湯屋に行った隙であった。あるいは近くに隠れて、出掛けるのを待っていたのかもしれない。

番頭は六ツ半（七時）まえに夕飯を終えると、ひと休みしてから湯屋に行った。姿を見せるとは考えていなかったが、店の連中には、茂吉が来たら自分がもどるまで待ってもらうように、預かっている葛籠を渡さぬようにと言っておいた。間の悪いことに、そのとき店にいたのは小僧一人であった。当然だが、番頭がもどるまで待ってもらうよう言ったのである。

すると茂吉は、番頭とはそこで会って話が付いているので問題はない、と小僧を安心させた。宿賃は二日分でいいと言われたが、昨夜は四ツにもどると言いながらもどらなかった自分が悪いのだからと、三日分を渡したのである。小僧はそれですっかり信用し、葛籠を渡したという。

番頭はすぐにも知らせなければと思ったが、仕舞い湯どきということもあって、それから出掛けるのは中途半端だという気がした。江戸の湯屋は五ツ（八時）か五ツ半（九時）に仕舞うが、寒い冬のことでもある。そんな時刻に出向くのは、迷惑だろうと番頭は考えた。寒い中を出掛けるのが億劫だというのが、本音だったのかもしれない。

横になると、やはりまずいのではないかとの思いが強まった。茂吉が山猟師殺しに関わっているかもしれないとなると、一刻も早く知らせるべきだと思いなおしたのである。

結局、朝方にうとうとしただけで、番頭は八丁堀に駆け付けたのであった。

「ご苦労。よく知らせてくれた」とねぎらってから、萬一郎は付け足した。「あとで人を行かせるので、力になってくんねえ」

町奉行所の同心は、その多くが母屋の裏か横に、渡り廊下で行き来できる小屋を建てていた。

なにかあれば報せに走らせるため、岡っ引の手下のだれかを、寝泊まりさせているのである。萬一郎は手下を呼ぶと、駒三といっしょに相馬屋へ行くように命じた。

二人は番頭と、葛籠を渡した小僧から話を訊いたそうである。

小僧の話では、前夜の茂吉は着た物もおなじなら、無精髭も剃ってはいなかったらしい。それで風呂敷包みの葛籠を背負えば、かなり目立つはずだ。不忍池のほとりで山猟師を殺していたとすれば、そのままの恰好というのはあまりにも大胆である。

もちろん、山猟師殺しに無関係という可能性も、わずかではあるが残されていた。それをたしかめるためには、なんとしても茂吉を探し出さなければならなかった。


「梟助。少し端折《はしょ》っちゃおらぬか」

「いえ、そのようなことは」

「町方の者の遣り取りとか、なにを考え、どう動いているか、などというのがおもしろいのだ。遣り取りが減ったのは、梟助のほうで整理して話しているからであろう」

「そんなことはございません」

梟助は驚かされたが、なぜなら鎧右衛門の指摘が的を射ていたからである。とは言っても、註文に応じることはできない。自分でも驚くほど克明に覚えていることもあれば、うろ覚えの部分もある。

それより梟助は疲れを感じ始めていた。いつもは殿さまとの会話だが、今日はほとんど一人で喋っていたからだ。しかも町方の伝法な喋り口を、なるべく忠実に再現しようとしたので、余計に疲れるのかもしれない。

さり気なく梟助は続けた。

「翌日からも根気よく探索を続けたそうですが、茂吉の行方は杳《よう》として知れなかったとのことです」

殺されたのが茂吉であれば、手下の控えた住居《すまい》に問いあわせる手もあるが、別人となれば意味がない。寺に仮埋葬した山猟師が泊まっていた宿も、突き止めることができなかった。

そこで萬一郎は、髪結いの力を借りることにした。髪結いと町奉行所の繋がりには深くて強いものがある。

近くで火事があると、髪結いは駆け付けて重要書類を運び出す義務があった。町奉行所では大切な文書は何十という箱に入れ、担ぎやすいように麻紐が掛けてある。それを運び出すのは、髪結いの役目であった。

殺しがあった数日後、萬一郎は市中のすべての髪結いに、山猟師姿の熊の胆売りを見掛けたら、宿を突き止めた上でただちに連絡するように指示した。萬一郎や駒三たちが、床屋の一軒一軒を廻ったのではない。何人かの世話役に話しておくだけで、上意下達《じょういかたつ》するようになっているのだ。

五

年が明けて正月もすぎ、やがて如月《きさらぎ》（二月）の声を聞こうというころになって動きが出た。殺しからほぼ二ヶ月後である。

市中見廻りを終えた萬一郎が中間《ちゅうげん》を供に屋敷にもどると、相馬屋の小僧が待っていた。番頭が、山猟師のことで話があるとのことである。

萬一郎は波銭を何枚か駄賃として与えて小僧を帰すと、駒三と手下を相馬屋に向かわせた。二人は意気ごんで向かったが、茂吉の手掛かりが得られた訳ではなく、ましてや本人が相馬屋に現れたのでもなかった。

待ち受けていた番頭によると、寺に仮埋葬した山猟師の弟と思われる男がやって来たとのことである。取り敢えず二階の部屋に入れてあるという。

「ともかく会おう」

そう言って腰をあげかけた駒三を、番頭は座りなおさせた。会ってもらうまえに、わかったことを話しておきたいと言う。なぜなら訛りがひどいので、話が通じないだろうというのである。

相馬屋には奥州方面の客もよく泊まるので、番頭は概《おおむ》ねかれらの言葉を理解できるとのことであった。番頭が双方にいちいち訳していては時間が掛かってならない。だからまず、かれが訊き出したことを話すので、それ以外に知りたいことがあれば、本人に訊いてくれというのである。

「もっともだ。ほんじゃ、たのまあ」

男の名は康次《こうじ》で三十二歳、殺されたのがかれの兄なら、健太《けんた》で三十四歳である。茂吉が出羽の山猟師だと言ったので、健太もその同類だと番頭は思っていたのだが、二人とも相馬の百姓であった。茂吉が相馬屋を定宿にしているのは、それもあるのだろう。

康次の話では、山猟師から熊の胆を買う元締がいて、決まった百姓たちにそれを小分けに配分する。するとかれらは、山猟師の恰好をして得意先を廻るのであった。

冬場は霜月から始めて正月まえにはもどる。夏は田植えが終わってから出掛け、三十五日間ぐらい行商するとのことであった。

茂吉が江戸の得意先を廻るのは、霜月の終わりから師走の初めだから平仄《ひょうそく》はあう。とすれば次に江戸に来るのは、田植えの終わった初夏になるはずだ。

康次の話したところでは、兄の健太は昨年の霜月の半ばに、茂吉と話を付けると言って出たまま、帰らないとのことであった。不忍池のほとりで熊の胆売りが殺されたのが、霜月の晦日なので、日数的にも矛盾はない。

気になってはいたが、なにかと多用で、康次は江戸に来ることができなかったそうだ。しかし正月をすぎても連絡がないので、たまりかねて出て来たらしい。

康次は相馬屋が茂吉の定宿だと知っていて、まっすぐに来たのだという。話を聞いた番頭は、萬一郎の屋敷に小僧を走らせた。

ひどくあわてた番頭が、ちょっと人を呼びにやったので待ってくれと言ったので、いったいどういうことだと康次は憤慨し、宥《なだ》めるのが大変だったらしい。取り敢えず酒でも飲みながら待ってもらいたいと、なんとか宥めたとのことであった。

「ほんじゃ、ご対面といくか」

駒三は平然としていたが、番頭は顔をひきつらせている。階段を上ると声を掛けた。

「康次さん。長らくお待たせしました。失礼しますよ」

番頭はそう言いながら襖を開けたが、まるで意味不明の言葉が返ってきた。酒のせいではなく、言葉そのものが理解できなかった。

「まあまあ、そうおっしゃらずに、力になっていただけるお方をお連れしましたので」

部屋に入りながら会釈したが、駒三はひと目見ただけで相手が弟だとわかった。まちがえるはずがないほど似ていたのである。黒々として艶のある髭におおわれたいかつい顔は、熊の胆売りの死に顔と瓜二つだった。

「お初にお目にかかりやす。あっしは町奉行所の定町廻り同心の佐渡さまに」と言いながら、駒三は萬一郎からもらった手札を見せた。「手札をいただいている、御用聞きの駒三と申しやす。以後お見知りおきを」

それに対する康次の言葉は短かったが、名乗りとよろしくとの意味だとの見当はついた。

「最初にたしかめておきたいのでやすが、康次さんの兄の健太さんは、茂吉さんに会うと言って故郷《くに》を出られたんでやすね」

ゆっくりと言ったので意味は通じたらしく、肯定の返辞があった。

「茂吉さんの右の眉には、肌がはっきり見えるほどの傷がありますか」

これも肯定した。となると、いよいよ本題にかからねばならない。駒三は番頭と顔を見あわせてから、康次に話し始めた。

相馬屋に泊まっていた茂吉は、霜月の晦日夕刻六ツに、四ツまでにはもどると言い残して宿を出た。おなじ夜、上野不忍池のほとりで熊の胆売りが殺されたが、身許不明のため検死ののち近くの寺に仮埋葬した。茂吉はその夜、相馬屋にもどらなかったが、翌日の夜に現れて、荷物の葛籠を引き取った。

番頭が補足しながら通訳していると、康次は突然わめき始めた。たいへんな剣幕で、言葉はわからなくても、詰《なじ》られた茂吉が健太を殺して姿を晦《くら》ませたのだ、と言っているのはわかった。

「健太さんは茂吉と話を付けると言って出たそうですが、殺されなければならぬとは、よほどのことだと思いやす。一体《いってえ》どのような」

その話になると、康次は貝のように口を閉ざしてしまった。あれやこれや切り口を変えて、なんとか話すように仕向けたが、頑として語ろうとしない。

ところが突然、口角泡を飛ばしてまくし立て始めた。こんなことをしている場合ではない。仮埋葬されたのが、健太本人かどうかを確認するのが先ではないのかと、それを主張しているのだろう。番頭にたしかめるとそのとおりであった。

「先程の問いに答えてくれたら、お寺さんにごいっしょいたしやすがね。着ていた物や、持ち物を預かってもらっているので、健太さんかどうかはすぐわかると思いやすが」

双方が自分の主張を繰り返したが、先に折れたのは康次であった。兄かどうかをたしかめるのが、最優先だと思ったからだろう。

とは言うものの、すんなり話した訳ではない。曖昧な言い方で、なんとかごまかそうとするのである。熊の胆売り全体に関わることだからだろう。

「大方の見当はつきやすがね。混ぜ物で量を増やしていることを、健太さんが非難したからじゃねえですかい」

程度の差はあってもだれもがやっていることだ、という意味のことを康次は言った。

「とすりゃ、ニセ熊の胆しかねえ。茂吉は一体、どんな偽物を拵えてたんでやすか」

またしても康次は、黙《だんま》りを決めこんでしまう。しばらく見ていたが、とうとう駒三は笑い出した。

「ま、この辺にして、お寺さんに行くとしましょうかい」

寺に着いて寺男に告げると、すぐに納所《なっしょ》坊主が現れた。熊の胆売り殺しのあった翌日に、死体が茂吉かどうかの確認に出向いたので、番頭の顔は覚えていた。

本堂脇の小部屋に案内されると、すぐに住持が現れた。

事情を察したらしく、納所坊主に目顔で報せた。駒三が町方の者だと名乗り、当寺に仮埋葬してもらった熊の胆売りの、弟ではないかと思われる人をお連れした、と康次を紹介した。そこへ納所坊主が、おおきな風呂敷包みを持って現れた。

風呂敷を解くと、畳まれた衣類の上に煙草入れ、手拭い、胴乱、小刀などの所持していた品が乗せられている。それを見るなり康次が吠え、早口で何事かを喚いた。

「兄さんの持ち物でまちがいないそうです」

番頭がそう言って気の毒そうに見ると、康次は両手で顔をおおって激しく嗚咽《おえつ》し始めた。掛ける言葉もなく、全員が痛ましそうな顔で泣き止むのを待つしかなかった。酔いはすっかり醒めたようだ。

泣き止んだ康次は、番頭に早口でしきりと訴えた。番頭に落ち着いてとか、もっとゆっくりと言われ、康次はわれに返ったようだ。

言葉はわからなかったが、言っていることの察しはついた。

所持品や着物はたしかに兄の物だが、遺骸を見ない限り信じることはできない、墓地に案内してくれと言っているのである。

「無茶を言われたら困りますな」と住持が言った。「隠坊《おんぼう》の手配をせにゃならんし、それよりも、寺で勝手に死骸を掘り返すことは、できませんでな」

殺されたのは町奉行所の支配地だが、仮埋葬したのは寺で、寺社奉行の管轄となる。さまざまな手続きをし、許可を得なければ、死骸を、それも殺されたものを掘り返すことなど、できる訳がないのである。

「ということだから、今夜は相馬屋に引きあげるしかねえってことだ」

駒三がそう言うと、番頭が康次に言い聞かせた。すると許可が出るまでに、どのくらいの日数が掛かるかと訊く。

「事情が事情なので、なるべく早くやってもらうようにしてえが、明日、明後日という訳にはいかんだろうな」

「で、許可がおりたらどうなさる」

住持が問うと、骨にしてもらい、田舎に持って帰るとのことであった。

それ以上はどうにもならぬので、かれらは引きあげることにした。

手下は八丁堀屋敷の離れにもどるので、萬一郎に報告させようと考えたが、やはり心許ない。駒三もいっしょに行くことにした。

報告を聞いた萬一郎は、仮埋葬の死骸が健太だとわかれば、康次を茅町の自身番にとめておくようにと命じた。

「康次は暇ができたからといって、気楽に江戸見物って気にもなれんだろう。駒三親分、せいぜい話し相手になってやるこったな」

「混ぜ物とニセ熊の胆について、なるべく訊き出しておきまさあ」

六

遺骸の確認は三日後の午後に行われた。冬場から春先に掛けての寒い時期ではあったが、掘り返すとかなり腐敗が進んでいた。

康次がたしかめるのを、駒三たちは少し離れた場所から見守った。それでも腐臭がきつく、真っ青な顔をした手下は、ふらふらと歩いて蹲《うずくま》ったと思うと、堪《たま》らずにもどし始めた。

硬い表情で二人を振り返った康次は、ちいさく何度もうなずいた。やはり兄の健太だったのである。手続きか焼き場の関係だろうが、荼毘《だび》に付すのは翌日とのことなので、隠坊が遺骸を埋めもどした。

茶を呼ばれながら住持としばらく話をした。覚悟はしていただろうが、やはりそれが現実となると衝撃が激しいのだろう、康次はほとんど無言であった。

寺の門を出ると駒三は康次に言った。

「こんなときに申し訳ねえが、町奉行所の旦那が、少し話してえことがあるとのことだ。そこの自身番まで同道ねがいたい」

康次にそう言ってから番頭を見ると、わかっていますよとでも言いたげに苦笑した。

自身番は狭いので手下を外で待たせ、駒三たちは奥の板の間に座を占めた。入口に近い三畳は家主、書役《かきやく》、番人で一杯だったからである。番人が手焙《てあぶ》りを持って来た。

ほどなく見廻りの萬一郎の一行が到着したが、手下たちを外で待たせてかれだけが番屋に入った。萬一郎はどかりと胡坐《あぐら》をかいた。

「おめえさんが康次さんかえ。此度《こたび》の兄者《あにじゃ》のことは気の毒だったな。で、このあとどうなさるつもりだ」

康次と番頭のあいだで遣り取りがあり、明日、千駄木の焼き場で骨にしてもらうので、それを持って田舎に帰るつもりだと、番頭が言った。

「それについちゃ相談があるのだがな。骨はこっちで預かりてえ。それと康次さんは、江戸では兄者の手掛かりが、まるでなかったことにしてもらいたいのだ」

康次の顔は次第に硬くなっていった。続いて番頭が説明を始めると遮って言い返すなど、興奮の度合いが強くなっていく。途中から番頭は黙ってしまい、康次が喋り終えると、困惑顔で萬一郎に言った。

「とんでもないことだと言っております。四ツにもどると言いながらもどらなかったのは、殺したればこそ。茂吉を見付けたらぶっ殺してやるし、田舎に帰ったらみんなに言いふらして、居られないようにしてやると、康次さんはそう申しております」

「腹が立つのは当たりめえだあな。怒髪《どはつ》天を衝くってえが、兄が殺されて怒り狂わぬ者がどこにいる。だがな康次さんよ。茂吉を殺せば同罪だぜ」

それは覚悟だと言っているとのことである。

「茂吉が田舎に居られないようにすれば、仇は討てねえ」

ぐっと詰まって、康次は黙ってしまった。

「それに捕えたところでどうにもならん。おめえがいくら騒いでも、たしかな証《あかし》がねえかぎり、どうすることもできねえぜ」

である。
萬一郎が言うのがもっともだからだろう、康次は冷静さを取りもどしたようで

「おれに考えがある。絶対に捕えて仇は討ってやるから、どうだ、任せてみねえか。もっともすぐって訳にはいかんがな。三月《み》か四月《よ》、遅くとも盆まえにはケリをつけてみせる。仇を討って、新盆《にいぼん》にはちゃんと兄者に報告してえだろう」

ゆっくりと言ったので、番頭の説明は不要であったようだ。

「どうかよろしくお願いいたします」

萬一郎そして駒三、番頭の三人は思わず顔を見あわせた。訛りはあったものの、康次はおおきな声ではっきりとそう言ったのである。

「ついちゃ、くどいようだが、念を押しておかねばならねえ」

萬一郎は康次の目を見ながら、噛んで含めるように言った。

茂吉を捕えるためには、やつに熊の胆売りを続けてもらわねばならない。番頭が訊き出したところによると、江戸の客はかなり高く買ってくれるとのことだ。茂吉がそのような上得意を手放したり、人に譲ったりはする訳がない。そのためには元締めから熊の胆を仕入れるだろうが、かれらには決して近付かないように。

「それから、これだけは肝に銘じてもらいてえが、もし茂吉に会っても普通にあ

いさつして、知らんぷりをしてろ。やつには後ろ暗いところがあるんで、康次さんがちょっとでも顔に出すと、雲を霞と姿を晦ましてしまう。辛いだろうが、そうしてもらわねえと、やつをふん縛るのは難しい。わかりやしたか」

「へえ」

「失礼なことを聞いて申し訳ねえが、康次さんは読み書きのほうは」

「あまり難しいのはむりだども、普通には」

「ほんじゃ、住まいと名前を書いてくんねえな」

萬一郎がそう言うと、書役が書き物机を板の間に運んだ。紙に筆、硯《すずり》に墨など一式が揃えられていた。

「名主や世話役の分も書いてもらおうか」

終わったら、康次と番頭を相馬屋まで送って行き、疲れただろうから駒三と手下は、あとは休むといいと萬一郎は言った。

「ほんじゃ、まかせる。廻りを急がんとな」

膝を叩いて萬一郎は立ち上がった。

それまでは少しでも時間ができさえすれば、駒三と手下たちは茂吉の探索をしていたが、翌朝、萬一郎はもう一切しなくていいと言った。怪訝な顔はしたが、だれも理由を問いはしない。やらねばならぬ仕事はいくらでもあったからである。

萬一郎が動いたのは、熊の胆売りの健太が殺されてほぼ五ヶ月後の、皐月《さつき》（五月）に入ったばかりの日であった。相馬屋の番頭が康次に聞いたところによると、冬は霜月から師走に掛けて売り歩き、夏は田植えの終わったあとだと言う。

少し早目に手配したほうがいいだろうと考え、まえに頼んだことのある髪結いの世話役たちを通じて、市中のすべての髪結いに念を押したのである。

熊の胆売りを見掛けたら、宿を突き止めてただちに連絡するように、と。これまでは馬喰町の旅籠を定宿にしていたが、追われているとなると、旅籠や木賃宿は避け、知り合いなどの家に泊めてもらうことも考えられる。あまり宿にこだわらぬように。

前回とちがっていたのは、右の眉に斜めの傷がある熊の胆売り、という点である。さらに、皐月の下旬から水無月《みなづき》（六月）の上旬が要注意だ、と付け足しておいた。

駒三がぶらりと岩本町の居酒屋に出向いたのは、皐月の末のことであった。亭主のサブが丁度いいところに来てくれたと、うれしそうな顔をした。怪しい男を見かけたので、報せようと思っていた矢先だという。

「どう怪しいのだ」

「妙な恰好をしてやしてね」

「恰好だけで怪しいと決め付ける訳にはいかんぞ」

駒三が先をうながすと、思い出しながらとでもいうふうに、サブは目を閉じてゆっくりと話した。

途中から駒三の目が鋭くなった。

前年の霜月に、上野不忍池のほとりで殺された熊の胆売りと、ほぼおなじ身装《なり》である。

酒なんぞ飲んでいる場合ではなかった。

「どこで見かけた」

「品川、と言っても少し手前の袖《そで》ヶ浦辺りでさ。昨夜《ゆんべ》、店が終わってから、お客さんとアオギス釣りに行きやしてね」

「見たのはいつだ」

「今朝ですよ。六ツまえだったかな」

「ありがとよ。今度ゆっくり来るからな」

呆気にとられるサブをあとに、駒三は店を飛び出すと、萬一郎の屋敷を目指した。

柴折戸《しおりど》を押しながら庭に飛びこみ、「旦那、品川に現れやしたぜ」と言った駒三の声が、尻すぼみになった。捕物拵《ごしら》えの萬一郎と、自分の四人の手下がそろっていたからである。そしてもう一人、扁平な顔をした、小柄な初老の男がいた。

「ああ、品川だ。実際はその少し手前だがな」と、萬一郎はにやりと笑った。

「さすが駒三親分、よくぞ突き止めた」

「するってえと」

「茂吉は昨日《きのう》、高輪《たかなわ》に着いたらしい。今朝出掛けたが、夕刻にもどったのをたしかめてから、源助が報せてくれた」と言ってから、萬一郎は斜め後ろに控えた初老の男に言った。「駒三親分だ」

「親分のお噂はかねがねうかがっておりやす。源助でごぜえやす。以後、お見知り置きを」

駒三より先に萬一郎が言った。

「南高輪で髪結床をやっていてな」

「茂吉とやらは若え者《もん》に見張らせてやす」と、源助が言った。「右眉の傷もたしかめましたので、本人にまちがいありやせん」

「そうですかい。それは大助かりだ」

「ということで、さっそく捕縛に向かうことになったのですが、お殿さま、退屈ではないでしょうか」

聞くまでもなかった。鐺右衛門は目を輝かせている。

「町方の者がなにを考えどのように動くのか、知ろうとしても知ることはできん。梟助の話し方が巧みなので、いささか気が高ぶっておる」

ほとんど一人で喋っていたので咽喉《のど》が渇き、つい盃に手が伸びてしまう。心地よく酔っていたこともあり、口も滑らかであった。そればかりか、本当に脳の裡《うち》に絵巻物が浮かびあがっていた。鐺右衛門も楽しんでくれているとなると、梟助としては張り切らざるを得ない。

七

提灯を提げた源助に、萬一郎と駒三が続いた。さらに手下たちが従う。皐月の末なので、月明かりはないに等しい。そのため龕灯《がんどう》を用意していた。寺で仮埋葬の死骸を掘り返して、それが健太だと確認した翌日、萬一郎は駒三たちに茂吉の探索を続けなくてもいいと言った。

なるほどこの手があったのかと、駒三は納得した。

髪結床の店は土間で、客は通りに向かってあがり框《がまち》に坐る。腰高障子は真冬でもないかぎり、開けっ放してあった。髪結いは仕事をしながら通りを見張れるのである。

お達しのあった山猟師姿の熊の胆売りを見た源助は、店を若い者にまかせ、あとを跟《つ》けて家を突き止めた。岩五郎という男が借りている長屋であった。本人はときたま寝に帰るくらいで、盗られる物もないからと、戸締りもしていないらしい。

その後、源助は若い者と交替で見張り、その家を出た男の眉の傷で、茂吉だと見極めたのである。夕刻にもどった茂吉が家に入ったのをたしかめると、源助は若い者に見張らせ、萬一郎に注進におよんだという次第だ。

相馬屋を定宿にしていた茂吉は、町方の者が探し始めたら、旅籠や木賃宿では危ないと感じたらしい。どこで知り合ったか知らないが、岩五郎を頼ったのであった。なにを仕事にしているかわからぬような男で、博奕《ばくち》も打つとのことである。

「源助の髪結床が南高輪にあるということは」と駒三が言ったとき、気のせいか髪結いの耳がぴくりと動いたようであった。「茂吉の塒《ねぐら》はその近くでやすね」

「ああ、高輪南町《みなみちょう》の長屋だ」

高輪北町《きたちょう》、おなじく中町《なかちょう》に続く南町は、島津薩摩守《さつまのかみ》蔵屋敷を挟んで北と南に分かれ、その先は品川歩行《かち》新宿である。三町とも片側町で、東には江戸の海が拡がっていた。

その海で、店の客とアオギス釣りをしていた居酒屋のサブは、茂吉を見掛けて妙な男を見たと駒三に言った。源助は尾行して塒を突き止め、萬一郎に報せたのである。

「江戸の外れゆえ、簡単には見付からぬと考えたにちがいねえ。やつは二泊か三泊で、江戸からいなくなるのだからな」

そのあいだに見付け出し、必ず引っ捕らえるとの絶対的な自信が、萬一郎にはあったのだろう。張り巡らした髪結床の情報網だからこそ、可能な話であった。

「歩き疲れて寝ておれば袋の鼠だが」

そう言ったところをみると、萬一郎にも一抹の不安はあるらしい。心配なのは、急にもどった岩五郎が見張り番の男に気付くなど、なんらかの理由で茂吉が逃走した場合だ。となると捕えることは極めて困難になる。

「棟割《むねわり》長屋ゆえ出入口は一箇所だ」

裏へ逃げることはできないし、当然だが二階もない。

汐の香のする海沿いの道を南下して、高輪北町を抜け、高輪中町をすぎたところで右に折れた。道の左、つまり南側が目的の高輪南町である。

源助の歩みが次第にゆっくりとなり、やがて長屋木戸のまえで立ち止まった。以後はすべて、無言のまま遣り取りがおこなわれた。

提灯で長屋を示した源助は、提灯をおおきく廻した。それから駒三の手下が、持って来た龕灯に火を移すと、提灯の灯を消した。

長屋の路地から音もなく若い男が出てきて、源助におおきくうなずいて見せた。提灯を廻したのは、見張り役への合図だったのだ。源助は親指と人差し指で輪を作り、続いて指で自分の口を示した。茂吉にはかれが話しかけると言いたいのである。

源助を先頭に、男たちは猫のように足音を忍ばせて、路地を進んだ。手下は灯りがもれぬよう前褄《まえみごろ》で、龕灯の投光側をおおった。長屋で灯りを点けているのは一軒だけなので、路地はほとんど闇である。

見張り役と手下の一人が、念のため長屋の入口を固めた。手下は懐から捕縄を出すと、解《ほど》いて左右の手で持ち、腕を伸ばしたり縮めたりし始めた。

萬一郎、駒三、そして手下が半円になって取り囲むと、源助が一歩まえに出た。

「夜分にすまねえ。岩五郎兄ぃ、寝たかい」反応はない。「物を渡したらすぐ帰《けえ》るから、開けてくんねえか」

ウンともスンとも言わないので、源助は萬一郎と駒三のいる辺りを見て肩を竦《すく》めた。それから腰高障子の桟を指で弾いた。障子紙が震え、意外とおおきな音がした。岩五郎の名を繰り返しながら桟を弾いていると、屋内で人の動く気配がする。

全員が身構えた。

「岩五郎はいねえ」

「だったら品を預かってもらいてえのだが、ともかく開けてくんねえか。こんな遅くに、長屋の人に迷惑をかけたくねえからな」

と源助は、後半をやや声を高めて言った。

「わかったから、静かにしてくんろ」

心張棒が外されて腰高障子が開けられた。

「健太殺しの調べはついておる。茂吉、神妙に縛《ばく》に就《つ》け」

萬一郎の声と同時に手下が龕灯を突き付けると、その眩しさに茂吉は思わず腕で目をおおった。

飛びこんだ駒三が茂吉を縛りあげて引き出すと、騒ぎに気付いた長屋の連中が、障子戸を開けてこわごわとようすを窺っていた。

高輪南町の自身番屋は北寄りの海手側にあり、間口が二間で奥行きは三間半と、江戸市中よりはいくらか広かった。

だが番屋には寄らず、茅場町の大番屋に引っ立てることにした。普通は粗調《あらしら》べをして、怪しいと思えば大番屋に連れて行くのだが、茂吉の罪科は動かないからである。

萬一郎は「ご苦労であった」と、源助と若い者を帰した。二人には後日、手間賃の名目で報奨金を渡すことになる。

駒三が縄尻を取り、途中で四人の手下を帰すと、萬一郎たちは別名を調番屋《しらべ》とも呼ぶ大番屋に向かった。

「おれはやっていねえ」

萬一郎の尋問が始まるなり茂吉は否定した。

「であればなぜ、なにかにつけて便利な定宿の相馬屋でなく、辺鄙《へんぴ》な高輪なんぞに潜んでやがる」

「相馬屋は定宿って訳でもねえ。今度の客は南に集まっているので」

「賭場で知りあった岩五郎を頼ったたって言いてえのか。茂吉、調べはついているのだ。足掻《あが》いてもむだだぜ」

尋問は間を置いてはならない。相手に考えたり言い逃れる隙を与えず、畳みかけるのである。

「やい、茂吉。おめえは人殺しに慣れてねえな。健太が初めてだろう。心の臓を一突きにしたつもりかもしれねえが、掠《かす》っただけだ。血の管を裂かれたので長くはもたなかったが、こっちの知りてえことはそっくり訊き出した。てめえは博奕の金欲しさに、混ぜ物で我慢しときゃいいものを、ニセ熊の胆に手を染めやがって」

茂吉は顔を強張らせたが、こうなれば落ちたも同然である。萬一郎はさらに畳みかけた。

「自分の命が長くねえことを悟って、健太が洗いざらい喋ったのだ。嘘だと思うなら聞かせてやらあ。熊の胆の作り方、混ぜ物やニセ物のこと、それに、なぜおめえに刺されることになったかもな。耳の穴かっぽじって聞きやがれ」

そう前置きして萬一郎は捲《まく》し立てたが、その内容は駒三が健太の弟康次から、苦労して訊き出したものである。

康次は寺で遺品が兄の物であることを確認したが、仮埋葬の遺骸を掘り返したのはその三日後の午後であった。駒三は三日間、正確にいえば二日半だが、相馬屋の康次のもとに通い詰めた。

簡単に訊き出せないのはわかっているので、熊だけでなく猿や猪、兎、カモシカなどの生態や習性を教えてもらうことから始めた。

ゆっくりと喋ってもらい、わからない言葉があれば別の言葉に言い替えてもらったので、番頭を介さなくても通じたのである。

カモシカのことを山猟師はアオシシと呼ぶが、牛とおなじく反芻《はんすう》するので、三日間くらい胃袋に喰いだめしている。安全な場所で胃からもどすと、歯で磨り潰してからふたたび呑みこむのである。それを繰り返すそうだ。江戸者にとっては知らぬことばかりなので、話を聞くだけでもおもしろい。

母熊は春になると、前年に生まれた仔熊を木イチゴのたくさん実る場所に連れて行き、仔熊が夢中で実を食べているあいだに捨て去る。それをイチゴ落としと言う。以後、仔熊は自力で生きていかねばならないのである。

八

あれこれと聞きながら、それとなく話を熊の胆に持って行くのだが、康次はのらりくらりとはぐらかした。

手続きが終わって許可がおり、隠坊にも手配したとの連絡が届いたのは、二日目の夕刻であった。掘り返すのは翌日、つまり三日目の午後ということだ。

当日、駒三は腰に矢立を差し懐に手控えを入れて、それまでより半刻（約一時間）早く相馬屋に出向いた。

「われらの手でかならず茂吉を捕えてみせやす」と、駒三は正面から康次を見据えながら言った。「あっしの考えでは兄さんは、ニセ熊の胆を売ればお客さんだけでなく、まともに商売しているほかの売り手が迷惑する。絶対にやめるようにと説得していて、茂吉に刺されたんだと思いやす。引っ捕らえて死罪にするには、ぐうの音も出ないようにせねばならねえ。そのためにはわれらにも熊の胆の作り方と、混ぜ物、ニセ物のことがわかってなくちゃならんのだ。健太さんが茂吉に殺されたのなら、なんとしても仇を取りたい。康次さんも思いはおなじだろう」

康次はしばらく無言のままであったが、駒三の言葉が腑に落ちたのだろう、静かにうなずいた。そして語り始めた。

熊の胆は、冬眠を終えたばかりの春熊が最良で、穴から出て餌を取るようになると、胆汁が出るので胆《きも》は次第に小さくなる。

解体して胆嚢《たんのう》を取り出すと、最初に切り口を強く結ぶ。その生胆《なまぎも》を、竹の簀《す》の子に紙を敷いてのせ、炬燵《こたつ》に掛けて乾かす。人肌くらいで三日ほどすれば水分が取れるが、温度が重要で、あまり高くしてはならない。乾燥中に外出しなければならないときには、紙に包んで懐に入れて乾かし、帰れば炬燵にもどす。

三日ばかり乾燥させた胆の上に板を置き、重石《おもし》を載せて平らに押し潰すと、二日ほどで固まる。それを炬燵から外し、小穴が開いている板を当てて形を整えるのだ。およそ七日で乾しあがるとのことである。

混ぜ物はほかの生き物の胆嚢を加えて増量するので、混ぜる量によってちがうが、少なくとも熊の胆は入っている。

ところがニセ熊の胆は、牛などの胆嚢から本物そっくりに作るのであった。まるで効能がない訳ではないだろうが、本物とは雲泥の差があるのは当然のことだ。

三陸海岸で獲れるマンボウザメの胆嚢から、ニセ熊の胆を作る一団がいるが、茂吉がそれを仕入れているのがわかった。本物を元締めから仕入れ、べつにマンボウザメのニセ熊の胆を買っているのである。

父親から引き継いだ上客には本物を、行きずりの商売にはニセ物を売っている。今でこそ節度を守っているが、博奕に手を染めたとなれば、得意客にニセ熊の胆を売るようになるのは見えていた。

効果がなくなれば、いや弱まっただけで得意客にはわかるだろう。高価であり、場合によっては人命にも関わるだけに、問題にならない訳がない。

信用がなくなれば、売り手全員に影響するのは必至だ。まじめにやっている熊の胆売りにとっては、死活問題になる。そうならないまえにと、健太は茂吉を追ったために命を落としたのであった。

駒三から詳しい報告を受けていた萬一郎は、死に行く健太が洗いざらいぶちまけたと、茂吉に思いこませることに成功した。暗闇に潜んでいれば、健太がすぐに絶命して戸板で運ばれたことがわかっただろうが、茂吉にはとてもそんな余裕はなかったはずだ。

立て板に水のごとく、萬一郎は滔々《とうとう》と弁じ立てた。熊の胆作りの辺りから茂吉は観念し、覚悟を決めたようである。

「やい、茂吉。てめえほど太《ふて》え野郎はねえぞ。一体どういうつもりで、マンボウザメの胆なんぞを」

それが茂吉の耐えられる限度であった。

「恐れ入りました」

萬一郎はただちに一件書類をそろえて町奉行に入牢《じゅろう》証文を請求し、茂吉は大番屋の仮牢にぶちこまれた。

茂吉の死罪が決まったので康次に報せると、感謝の気持を書き連ねた礼状が届いた。兄の健太の顧客は康次が引き継ぎ、夏冬の農閑期の三月《み》ほどは、熊の胆売りに励むとも書いてあった。

なるべく早く、預かっていただいている兄の骨を受け取りに参りますとあったので、康次が来るのを待って萬一郎は慰労の一席を設けた。

「なんと言っても、今回の最大の功労者は駒三親分だな。しっかりと下調べをしてくれたので、おれはただ喋るだけで、これほど楽なことはなかったぜ。茂吉はぐうの音もなかったからなあ」

「それは康次さんが、すっかり打ち明けてくれたからでさあ」

「おらは、この人なら信じられると思ったもので」

うまくいった場合はこんなもので、互いに評価し、褒めあうのであった。

「ところで佐渡の旦那は、どうして髪結い連中を動かそうと思われたんでやすか」

「健太さんが死に際に残した言葉、ぬし、か、ぬせ。あれはニセだとピンときた。とすりゃニセ熊の胆しかねえ。殺したのが熊の胆売りだとなりゃ、それを見付けるのが仕事だ。広いお江戸のことでもあり、おまえたちだけでは手に負えねえだろうと思ってな」

「恐れ入りやした。あっしなんざあ、まだまだ足もとにも及ばねえや」

「ということで、一件落着になったとのことでございます」

「覚えていたにしろ、この場で作ったにしろ、たいした能力であるな。よくそれだけ、すらすらと出て来るものだ」

「でございますから、絵巻物のように」

「それはよいとして、相手の申したことがわかっておらねば、頭に入らぬし、思い出すことなどできはしない。それよりも、世の中の仕組みがわからねば、理解すること自体がむりだ。体のことを知らずに、熊の内臓の各部がどういう薬になるかなど」

「耳学問の積み重ねで」

「そこだ。学問がなくて、耳学問ができるものか」そう言って、鐺右衛門は梟助をじっと見た。「わしの見るところ、そちはおおきな商家のあるじであったな。まさか生薬屋ではあるまいが。いや、町方のことがあれだけわかるとなると、もとは武家か」

　梟助はほとほと困惑したふうで、抗議することもできなければ、笑うこともならず、しかたないというふうにおおきな溜息を吐《つ》いた。

「こういうのはどうだ。武家の生まれで、止むを得ぬ事情で商家に婿入りし、これまたなにかの理由で、その座を投げ出し鏡磨ぎになった。突飛すぎるか。さほど的外れでもないと思うのだが」

「そのように見ていただけるのはありがたいですが、どこを叩いてもしがない鏡磨ぎ師でしかございません」

「であればそのように汗は掻くまい、などと好き勝手を言うと来てくれなくなるでな。この辺にしておこう」言いながら、鐇右衛門は懐から紙の包みを取り出して梟助に渡した。「鏡の磨ぎ賃と、わしに付きあって汗を流させた詫び賃だ」

「いつも恐れ入ります」

「梟助、これに懲りずにまた来てくれよな」

「はい、寄せていただきます。では、お殿さま、これにて失礼をいたします。奥方さまはじめ、みなさまにもどうかよろしくお伝えください」

何度もお辞儀してから、梟助は裏門に向かい、通りに出たところで深呼吸をした。

裏猿楽町から表猿楽町に向かって歩くが、大名や大身旗本の屋敷の塀が続く。十町ほど歩いて町家の区画になると、やっと一息つけた。思わず声が出る。

「鏡磨ぎ。カガミ・トギー。ピッカピカに磨ぎます磨きます。いくら自慢のお顔でも、鏡が曇れば映りません」

つい習慣で呼び声を言いかけたが、次第に尻すぼみになった。すっかり暗くなり、しかも酒が入っている。声を掛けられても応じることはできないからだ。

それにしても疲れた。これほど疲れたのは、鏡磨ぎになって初めてである。

今日はなんとか切り抜けたが、鐺右衛門は梟助がただの鏡磨ぎでないことに、ますます確信を抱いたようであった。これからも攻防が続くことだろう。

尻尾を摑まれてはならぬと、神経を張り詰め、おかげで疲労困憊《こんぱい》した。しかし苦痛ではなく、むしろ楽しかったのである。体は疲れたが、心はどこか浮き浮きと弾んでいた。

ま、一人ぐらい歯応えのある相手がいてもいいか、と梟助じいさんは思った。

それにしても、「武家の生まれで、止むを得ぬ事情で商家に婿入りし、これまたなにかの理由で、その座を投げ出し鏡磨ぎになった」との推論は、どこから出てきたのだろうか。

「せいぜい推理なさることです、お殿さま。梟助は絶対に尻尾を摑ませはしませんよ」

じいさんがつぶやくと、塀の上で猫がニャーと鳴いた。

椿の秘密

一

「鏡磨《と》ぎ。カガミ・トギー。ピッカピカに磨ぎます磨《みが》きます。いくら自慢のお顔でも、鏡が曇れば映りません」

二町に一度くらいの割合で呼び声を発しながら、ゆっくりと根津権現に近い千駄木を流していて、梟助《きょうすけ》じいさんは女の声に呼び止められた。振り返ると生垣と板塀に囲まれた瀟洒《しょうしゃ》な住まいの門前に、下女とわかる若い女が立っていた。門まで小走りに出て来たらしく、息を弾ませている。

梟助が微笑むと、女はうなずいて門に入った。あとに続いて建物に向かいながら驚いたのは、色とりどりの花が咲き乱れていたことだ。その後も鏡磨ぎに訪れるたびに、季節の花がそう広くもない庭を飾っていた。

「鏡磨ぎさん、枚数が少なくても磨いでいただけるかしら」

声がしたほうに目を向けると、そこがパッと明るく感じられた。二十代の前半と思われる女が、表座敷の庭に近い位置に坐って微笑んでいる。

「はい。よろしゅうございますよ。一枚でも半枚でも」

「まあ」と笑って女は口もとを右手の甲で押えた。「半枚でもだなんて、おもしろい方ね」

声はやわらかで温かみが感じられた。笑顔も明るくて、やさしさに溢れている。

その界隈は大名の下屋敷や旗本屋敷、寺や町家、百姓地などが混在していた。そんな中にあって、いかにも小粋な印象の平屋であった。

住いの構えを一瞥《いちべつ》しただけで、住人は囲われ者だと直感したが、それはまちがいなかったようだ。

若くて滑らかな肌が輝いて見える。微笑みが眩しいほどであった。

「ハルや」と、女が下女に言った。「洗足盥《すすぎだらい》を用意なさい。鏡磨ぎさんに足を濯《すす》いでもらうのだから」

「鏡は庭先で磨がしてもらいましょう。足を濯いでも、上から下まで埃まみれですので、掃除の行き届いた座敷が汚れます」

女は梟助の言葉を無視した。洗足盥を置くと、下女は両手に提げた手桶の水を注いだ。

梟助は仕方なく、烏帽子《えぼし》、単衣《ひとえ》、そして裁着袴《たつつけばかま》の埃を払い、足を洗って手拭で念入りに拭いた。

「そのまま庭からでいいですから、あがってくださいな」

言葉はおだやかだが、逆らうことのできない有無を言わせぬ力があって、梟助はつい従ってしまった。

言われたままに沓脱《くつぬぎ》からあがる。

「なんとお呼びしたらいいのかしら」

その日が最初なのに、名を訊かれたのが意外であった。

「鏡磨ぎのじいさんで、けっこうでございます」

「これからも来ていただこうと思うの。ですから名前でお呼びしたいわ」

「梟《ふくろう》と助ける、でキョウスケと申します」

「梟は知恵のある鳥で、鏡は真《まこと》を映すと言いますから、お仕事にぴったりのお名前ね。あら、どうなさったの」

「父親《てておや》はご新造さんがおっしゃったような気持で名付けてくれたようですが、他人《ひと》からそんなことを言われたことがありませんでしたので」

「お父さま、よい名を考えてくださいましたね」

「それなのに鏡磨ぎなどになって、親不孝な倅《せがれ》です。倅と言っても、もうじいさんですが」

女は声もなく笑ってから言った。

「立派なお仕事ではありませんか。そんなふうにおっしゃるものではありませんよ。わたしなど、妾《めかけ》ですからね。妾を仕事とおなじに扱っては、叱られるでしょうけど」

「なんとお呼びすればいいでしょう」

女は答えず、庭の草花に飛来した黄蝶や、植木の枝を飛び交う小鳥、あるいは流れる雲に目をやってから言った。

「ツバキと呼んでくださいな」

盥や手桶を片付けていた下女の動きが、一瞬だが止まった。本当の名ではないのだ、と梟助にはわかったが、もちろん黙っていた。

それ以来ずっと、鏡の曇るころを見計らって梟助は通っている。

ツバキを囲っているのがどんな男なのか、一度も顔をあわせたことがないので梟助は知らなかった。年齢だけでなく、お武家なのか商人なのかもわからなかったが、知ろうとも思わない。衣桁《いこう》に渋い柄の結城《ゆうき》が架けられていたことがあるので、ある程度の年齢だろうとの見当はついた。

梟助の贔屓《ひいき》の多くはかれの話を聞くのを楽しみにしていたが、ツバキは少し毛色の変わった客であった。鏡を磨ぐのを見ながら、あれこれと話すことが多かったのだ。いつしかそれを聞くのが、梟助には楽しみになっていた。

ツバキは湯屋に行くほかは、ほとんど家を出ないらしい。書を読み、琴を弾じ、歌を詠み、庭の草花の手入れをしている。文机《ふづくえ》の上に短冊が置かれていて、歌が書かれていることもあった。

静かに、ひっそりと、日々をすごしているようだ。自分が置かれた環境に満足しているのかと思ったが、すぐにそうではないのがわかった。

梟助には常に笑顔で接しているものの、ふとしたおりに哀しみが覗くのが感じられた。憂いが漂っていることに気付くこともあった。囲われ者になるには、人には言えぬ事情があったのだろう。

梟助にとってそこは心の休まる場であった。ツバキとのひとときは、静かで落ち着け、安らぎが得られた。

三月四日は、江戸の奉公人の出替わり日であった。下女は口入れ屋を通じて雇い入れるのだが、この日に更新が行われ、継続して雇うか暇《いとま》をやるかを決める。女の一人暮らしであれば、気心の知れた下女にいてもらったほうが安心なはずであった。ところがツバキは、継続したことが一度もない。短い期間で下女が入れ替わることはあっても、一年以上続いたことはなかった。


その日もツバキは笑顔で迎えてくれたが、いつもとは微妙に雰囲気がちがうのを、梟助は感じていた。どこがどうとは言えないものの、なんとなく、しかし明らかにちがうのである。

下女は買物にでも出たらしく、ツバキが洗足盥の用意をしてくれようとしたので、梟助はあわてて自分で運び、井戸で水を汲んで盥を満たした。

「すみませんね。お客さまにそんなことまでしていただいて」

「なにをおっしゃいます。それに客なんぞではありませんし、じいではあっても男ですので。力仕事は男の役目ですよ」

渡された手拭で足を拭いながら軽口を叩いたが、ツバキは笑わない。これまではつまらない冗談にも笑ったものだが、やはりどこか変だ。

梟助は鏡磨ぎの作業に掛かった。

ツバキはいつも、ごく自然に話し始めるのだが、その日は黙したままであった。あるいは話そうか話すまいかと、ためらっているのかもしれない。梟助がそう感じたのは、呼吸《いき》が乱れて感じられたからである。かつてないことであった。

「梟助さんに鏡を磨いでもらうようになって、何年になるかしら」

ツバキが声を掛けたのは、磨ぎ終わって道具を片付け始めてからである。

「かれこれ二十年にもなりましょうか」

「二十年ねえ。二十年になるなら、しかたないですね。梟助さん、哀しいけれど今日でお別れしなければなりません」

「それは寂しくなります」

梟助が見ると、ツバキも見詰めたままで、目を逸《そ》らそうとしない。瞳は哀切と言おうか寂寥《せきりょう》と言おうか、孤独としか言いようのない色に満たされていた。

「本当のことを言いますとね、いえ、これまでだって、梟助さんに嘘を吐《つ》いてはいませんけれど」

ツバキはそこで言葉を切った。黙ったまま庭に目を向けているが、焦点はあっていないように思えた。その視線を追うと、艶のある濃い緑色の葉におおわれた樹があった。

二

「二十年、やはりそれ以上はむりですね」

その言葉が触媒となって、鏡磨ぎに通い続けながら感じていた謎が、梟助の胸の裡《うち》で一気に結晶したように思えた。

「梟のおおきな目はすべてを見抜き、鏡は真《まこと》を映すと申しますから、鏡磨ぎの梟助さんはなにもかもお見通しでしょう」

「ここに初めて寄せてもらったおりに、おなじようなことを言われました。梟は知恵のある鳥で、鏡は真を映すと言うから、仕事にぴったりの名前だと」

「覚えていてくれたなんて、とてもうれしいわ。でも、ちょっぴりだけど怖くもありますね」そこで言葉を切り、意を決したようにツバキは言った。「わたし、最初のときとまるで変わらないでしょう。少しも老いていないはずです。二十年も経てば、どんな女でも皺が増えて、頭に白い物が混じります。でもわたしはあのときのまま」

「はい。いつまでもお若いです」

ツバキは寂しそうな笑いを浮かべたが、それはすぐに消えてしまった。

「今日でお別れだと打ち明けると、だれもが判で捺《お》したように、これからどうされるのですか、どちらへ行かれるのですか、と訊きます。でも梟助さんは、寂しくなりますと言ってくれました。だから、本当のことを話そうと心を決めたのです」

ツバキは年を取らないので周囲の者に怪しまれ、十年か十五年で居を移る。いくら長くても、二十年とおなじ場所に留まれないと言った。湯屋に行く以外は家から一歩も出ず、物売りなどは下女に応対させ、人に顔を見せないようにしている。

おなじ女であることもあって、いつ、どのような切っ掛けで知られるかわからない。下女を一年以上続けて雇わないのも、そのためであった。

囲われ者であると言っているのに、男が訪ねて来なければ怪しまれる。そのため、月に何日かは、今夜は旦那さまがお見えだから、実家《さと》に行っておいでと、小遣いを与えて帰らせていたのだという。衣桁に架けられていた男の着物も、目晦《めくら》ましの一つだったのだ。

それほど注意していたのに、なぜ梟助に話し掛けてしまったのか。

千駄木に移り住み、下女も雇って、新しい生活を始めてほどなくであった。ふしぎな呼び声の鏡磨ぎが通り掛かったので、下女を呼びにやらせた。

「いくら自慢のお顔でも、鏡が曇れば映りません」

そんな呼び声の鏡磨ぎなど、聞いたことがない。普通は「鏡磨ぎ」を連呼するだけだ。

もしや同類、つまり一定の年齢のままでとどまって、それ以上は齢を取ることのない仲間の一人かもしれない、との予感があったのだという。

庭に入って来た梟助を見て、その独特の雰囲気にますます思いを強くしたらしい。自分に対して固く禁じていたのに顔を見せ、それればかりか、思わず話し掛けてしまったのである。

「お名前が梟助さんだとわかって、あるいはと思いましたが、万が一ちがっていたらとの恐れのため、打ち明けることはできませんでした」

だから謎を掛けるように、自分が遠い地で経験したことを、お話として語ったのだ。もし同類であれば、なんらかの反応を示すだろうと思って。

梟助は仲間のようでもあり、ちがうようにも思われたが、どうしても確信が持てなかった。そのため、何度かようすを見たのだという。

「でも、三回目くらいになると、やはりちがっていたのだと諦めざるを得ませんでした。だけど梟助さんは悪い人ではないし、いえ、とてもいい人で、いっしょにいると心が休まるのです。だから、毎度のように話し相手になっていただいたのでした」

「同類であれば、どれほどよかったことか」

「梟助さんは八百比丘尼《びくに》をご存じかしら」

「詳しくはないですが、聞いたことはあります」

百井塘雨《ももいとうう》の『笈埃随筆《きゆうあいずいひつ》』で読んだことがあった。鏡磨ぎ職人が本を読んでいるなどと言えば、怪しまれるだけなので、聞いたことがあると言うようにしていたのである。

たしかこんな内容であった。

若狭国《わかさのくに》今浜の洲崎村に、どこからともなく漁者らしき人がやって来て住み付き、土地《ところ》の人々を招いて饗応《もてな》した。主《あるじ》が食を調えるところを、招かれた一人が窺うと、人の頭《かしら》を持つ魚を捌《さば》いている。怪しんで一座の者にささやき、その魚を食べずに帰った。

中に一人、料理された魚を袖に包んで持ち帰った男がいた。棚の端に置いたのを忘れていたが、その者の妻が怪しむことなく食べてしまった。二、三日して夫が妻に訊いたところ、食べたことを打ち明けたので、夫は驚き怪しんだ。

妻によると「ひと口食べたときは、甘露のごとくに覚えましたが、食べ終えると体は蕩《とろ》け死《じに》して、夢のようでした。しばらくして覚めると、気骨は健《すこ》やかに、目は遠くまで利き、耳はよく聞こえ、胸中は明鏡のように覚えました」と言ったが、たしかに顔色などことさらに麗《うるわ》しく見えた。

その後、世も移り変わり、夫をはじめ類族はことごとく没し、七世の孫もまた老いてしまった。彼女は独り海仙となり、心の欲するままに山水を遊行《ゆぎょう》し、ついには若狭の小浜に至ったという。

似たような話が各地にあり、女が男の妻であったり娘であったりするが、話の本筋はおおきくはちがわない。

ある所に七抱《ななかかえ》の大杉がある。その昔、若狭国より人魚を食べたという尼が来て、これを植え、「八百歳を経てのちに、また来て見ましょう」と言ったとかで、八百比丘尼の杉と言う。そのような伝説が残され、謎の女は八百比丘尼と呼ばれるようになったらしい。

「でも梟助さんも、信じてらっしゃらないのでしょう」

それには答えず、少し間を置いてから梟助は言った。

「知りあいからこんな話を聞いたことがありまして」

相惚《あいぼ》れになりながら、男はどうしようもない事情で女と別れるしかなかった。だが忘れようにも忘れられない。

二十年後にまさかの再会ができた男は、思わずその名を呼んだ。ところが女は答えぬどころか、自分が呼ばれたとも思わなかったようだ。

男は別れざるを得なかった女であることをたしかめてから、まえに廻り、腕を摑んで名を呼んだ。女は驚いたふうであったが、喜ぶどころか、強い不安に襲われた顔付きになった。

もう一度名を呼ぶと、相手はようやくわかったようで、表情がやわらかくなった。

「失礼しました。母の知りあいのお方のようですね」

「母……、お母さまですか」

「わたしは母に瓜二つだとよく言われます。あなたも恐らく、母と勘ちがいされたのでしょう」

知人は半信半疑であったが、であればあなたの母親にお逢いしたいと粘った。

「そうしていただけるとよろしいのですが、母は亡くなりました」

「まさか」

女は知りあいに話し掛けられたのを潮《しお》に、会釈すると離れて行った。

たしかに二十年が経っていれば、その若い女の倍の年齢になっているはずだ。女が死んだ母親と勘ちがいしたと言うのもむりはない。

だが知人には、まちがいなく同一人物だとの確信があった。改めて声を掛けるまえに、かつて別れざるを得なかった女性である証拠を、たしかめておいたのである。

右耳の耳朶《みみたぶ》のすぐうしろに、小豆《あずき》粒ほどの黒子《ほくろ》があった。

いかに瓜二つの母娘であろうと、黒子まで引き継ぐことはあるまい。だから絶対に母娘ではなくて、おなじ女だと確信していると知人は言った。

「ですから、ツバキさんのおっしゃることはわかります」

「ああ、よかったわ。でも、わかりはするけれど、信じていただけてはいないみたい」

「人の世には、理屈では説明できないこともありますで」

三

「黙って消えて行けばいいのに、だれかにわかってもらいたいとの強い思いが、心の襞《ひだ》の奥深くに根強く潜んでいるのを、わたしは常に感じているのです。でも話せません。それに、だれにしろ信じてはくれないでしょう。当然ですよね。場合によってはお役人に訴えられかねませんもの」

そこでツバキはしばらく黙ってしまった。恐らく、この人ならと信じて打ち明けたら、信じてくれなかったばかりか、怪しい女だと訴えられたことがあったのだろう。

「それをてまえに打ち明けてくださった」

「どなたか、このお方はと思えるお人には、知っていただきたいですもの」

「てまえにとって、ツバキさんは謎でした。謎そのものでした。しかも、ときとともに深まる謎でした。最初の日から、それは感じておりましたです」

長く続けていると、仕事をもらう相手やその家の秘密を知ることになる。しかし、絶対にそれを洩らしてはならない。だから、どこでもいつでも、梟助は「見ざる、聞かざる、言わざる」の、いわゆる三猿を守ってきた。

「ところが今日がお別れで、ツバキさんはとんでもない秘密を打ち明けてくださいました。お蔭でふしぎに思っていたことが、腑に落ちたのです。ああ、そうだったのか、と」

「たとえばどのような」

「だれもが、てまえを梟助じいさんと呼びます。ツバキさんは最初から梟助さんと呼んでくださり、じいさん呼ばわりされたことは一度だってございません。そういう事情でしたら、とても呼べませんね。見た目はじじいですが、年齢からするとツバキさんよりずっと若いですから」

「名前を教えていただいたのに、その名で呼ばないのは失礼でしょう」

「最初の日に名前をお訊きしますと、ツバキと申します、ではなく、ツバキと呼んでくださいな、とおっしゃった。あのときご覧になっていた庭には、椿が植わっております」

二人は庭のおなじ場所を見ていた。艶のある椿の葉が、陽光を照り返していた。

八百比丘尼を祀った社《やしろ》や祠《ほこら》の周囲には、椿の樹がたくさん植えられているそうである。また比丘尼の像は、片手に数珠《じゅず》、べつの手に白椿の枝を持っている。椿は八百比丘尼には付き物なのだ。

「これも最初の日でしたが、ご自分から囲われ者だとおっしゃいました。ところがその後も、旦那さまらしき人の姿は一度も見ておりません。たまに伺うだけですので、行き会わなかっただけだと思っておりました。その理由《わけ》と、下女を一年以上続けて雇わないことについては、先程伺いました」

「まだあるのかしら」

「遠い土地のお話をしてくださるのに、ずっとこちらにお住まいです。てまえが来るのは鏡が曇るころを見越してですが、旅をなさっていたことは、それどころか留守にされたことも、一度としてありませんでした。それなのに、あちらこちらのことをよくご存じです。それがてまえへの謎かけだったとは、気付きませんでしたけれど」

「やはり、おわかりだったのですね」

「極め付けは、いつまでも若くてお美しい」

返辞の代わりに寂し気な笑顔が返された。その笑顔が消えてしまうと、ツバキは、いやそう称している女は静かに語り始めた。

わたしは自分が他人とちがっているなどとは、夢にも思っていませんでした。生家は金持とは言えなくても、貧乏ではありません。

ごく普通の娘として育ち、十七歳で嫁いだのです。

伴侶《つれあい》は実直を絵に描いたような男でした。反物の商いを生業《なりわい》としていましたが、酒は人並みに飲むものの溺れることもなく、博奕《ばくち》とか女遊びで悩まされたことは、ありません。働き者で子煩悩で、わたしさえ普通だったら、良人もわたしも、そして子供たちも、平凡で幸せな一生を終えられたと思います。

わたしはだれからも若いと言われましたが、初めはお世辞だと思っていました。所帯を持って翌年には子宝にも恵まれ、二、三年はそうでもなかったし、五、六年もなんとか、しかし十年になりますとね、三歳年上の良人は三十です。貫禄もついてなかなかの恰幅で、皺も増えれば白髪もちらほら、それなりに年輪を重ねてゆきますが、わたしは新所帯のままですから。

羨ましいが、やがておかしいということになって。それも、男の目よりも女の目が恐いですね。

わたしとおない年の女たちは、もうすっかり古女房です。早ければ十三、四で嫁いで、二十歳《はたち》すぎれば年増、二十四、五で大年増ですから。二十七、八にもなればくたびれた中年女、四十をすぎれば、ばあさんと呼ばれましたもの。

自分の体が人とちがうことは、うすうす感じてはいました。怪我をしても、治りがとても早いのです。早いだけではなくて、完全に治ってしまいます。包丁で切っても棘《とげ》が刺さっても、しばらくすれば傷痕が消えてしまうのです。

自分が少しも歳を取らないとわかったとき、わたしは思い出しました、まざまざと。

五つくらいの子供時分でしたが、村に流れ芸人がやって来たことがありましてね。

芝居の一座などという大袈裟なものではありません。五、六人の、ササラを打ち鳴らしながら踊ったり、歌ったり、語り物を語ったり、そんな芸人とも言えないような、芸をするから乞食ではない、というような人たちでした。

女たちは春をひさいでいました。わたしはほんの子供だったのに、はっきりしたことはわからなくても、雰囲気としてそれを感じていたのだと思います。

村の人たちは、なかば歓迎しながら、なかば見下していましたね。

でもわたしには魅力的な人たちでした。

自由とか気ままさを得るために、たいへんな犠牲を払い、並大抵じゃない苦労をしたせいだと思いますが、その人たちは本当に心が濃《こま》やかなんです。

わたしの家族が傍にいないときでした。一番年配の目の不自由な人が、わたしの声を聞いたときに、ビクリと体を震わせたのです。それからわたしを呼び寄せて手を握り、仲間に言いました。

「ここにいたよ、われらの同胞《はらから》が」

「この娘《こ》かね」

「ああ、この娘だよ」

「こんなふうに巡り逢えるとは、思いもしなかった」

みんなが思い思いに喋り始めましたが、だれもが奇妙なほど浮かれていたのを思い出します。

「わかっただろ、こんなふうに新しく生まれてくるのだよ」

一番年配の人がそう言って、厳重に油紙で包んだ、乾ききった白っぽいものを取り出して差し出したのです。

「なんなの」

「変なものじゃないから安心しな」

「とてもいい匂い」

「味はもっといい。頬っぺたが落ちるよ」

わたしは口に含んでみました。なんとも言えぬ芳香、まろやかな味。

「これで、もう歳は取らないし、死なないよ」

その言葉については、ほとんど考えませんでした。思い出したのは、ずっとのちになってからです。

「これはなに」

「人魚」

「人魚って」

「頭が人で胴が魚。それで人魚」

流れの芸人たちは、秘密めかした仕種《しぐさ》や身振りで、だれにも言わないようにと念を押したのです。もちろん、わたしは黙っていました。

芸人たちは帰るときに、また逢えるからそのときが楽しみだね、などと言いながら去って行ったのです。

ただ、芸人たちが去って行ったあとの記憶は、霧が掛かったように曖昧模糊としています。

わたしは気を喪っていたようでした。

家族に声を掛けられて目を覚ましたとき、あの人たちの姿はありません。ただ、かれらとの遣り取りを話してはならないと、ぼんやり思ったことは覚えています。わたしは突然、すっかり忘れていた子供のころの出来事を思い出しました。あれは夢ではありませんでした。そしてはっきりとわかったのです。人魚の肉を食べたから、わたしは年を取らないし、死ぬこともないのだ、と。

わたしは恐くなりました。娘が年頃になっても、わたしは若いまま。できるだけ地味な身装《なり》をしてはいましたが、それでもごまかせるものではありません。良人も悩みに悩んだことでしょう。

わたしは家族のもとを去らねばならぬと覚悟しました。そうしないかぎり、自分だけでなく、良人や子供たちを苦悩の淵に追いやってしまうことを、はっきりと理解していました。

身も心も裂かれる思いでしたが、一日でも、いや一刻でもそれを先延ばしにすれば、何倍も何百倍も苦しまなければならないことを、です。

四

「お茶を淹《い》れますね。すっかり咽喉《のど》が渇いてしまいました」

一礼してツバキは厨《くりや》に姿を消した。

梟助じいさんは、莨入《たばこい》れの筒から煙管《キセル》を抜いた。雁首に刻みを詰め、銜《くわ》えると火を点ける。じっくりと考えながら、紫煙をゆっくりと吐き出した。莨喫《の》みという訳ではなかったが、考えをまとめるときにはつい手が伸びてしまう。

読んだ書とちがうところがあった。男の女房は、それが人魚の肉と知らずに食べて、不老不死の身になったはずだ。ところがツバキは、ツバキと称する女性の場合はちがう。

少女だったツバキの声を聞いた目の不自由な人が、「ここにいたよ、われらの同胞が」と言った。ということは、食べると不老の身になる者と、なれない者がいるということにほかならない。

なれる者が、幼き日のツバキがいたから、だれもが奇妙なほど浮かれていたのだろう。何年、何十年振りに、いやもっと長い歳月を経て、同類を見付けたからだ。

どちらがちがっているのだろうか。

ツバキが嘘を吐いているとは、とても思えない。思い悩み、逡巡の末に梟助に打ち明けてくれたのだ。嘘だとすれば、すべてが、なにもかもが嘘になってしまう。

転宅が決まったので、人の良さそうな老爺をからかってやろうと思った、と考えられぬこともない。

いや、それはないだろう。そんな馬鹿な、と笑い飛ばされることだってあるのだ。それよりも、二十年も接してきたのである。梟助の見る限り、ツバキはそのような女性ではなかった。

となると、著者の百井塘雨あるいは『笈埃随筆』に問題があるのだろうか。

百井は恐らく聞き書きだろうから、もとの話はツバキとおなじであったのに、多くの人の口伝えのあいだに、変形してしまったことが考えられた。

つまり、特別な者が人魚の肉を食べればというより、人魚の肉を食べた者はだれでも、としたほうが衝撃はずっと強くなる。場合によっては自分だってならぬとはかぎらない、ということだからだ。

あるいは百井が想像力の豊かな人物で、そのほうが効果的だと判断して脚色したのかもしれない。

どちらの可能性が高いだろうか、と思っていると、ツバキが漆塗りの網代《あじろ》の盆に茶碗を載せて現れた。

「わたしが梟助さんを仲間かもしれないと思ったのは、あの人たちが変なことを言ったからなのです」

「ここにいたよ、われらの同胞が、と」

「やはりお気付きだったのですね」

「ということは、だれでも八百比丘尼になれる訳ではないということに」

「あの人たちが流れの芸人をしているのは、一箇所に留まることができないからです」

「次に廻ってきたときには、覚えている人はいないかもしれない」

「寂しいですよね」

「でも仲間かどうかは、だれにでもわかる訳ではないということですね」

「わたしのときも、わかったのは目の見えない方だけだったようです。だからあの人たちは、いつも、どこかに仲間がいるのではないかと、目を皿のようにして探しているのだと思います」

ツバキも探し続けてきたのだろう。梟助とめぐりあったときの胸のときめきは、いかばかりであっただろう。そしてやはり同類ではなかったと、自分を納得させねばならなかったときの絶望は、他人には万分の一も理解できぬにちがいない。

家族のもとを離れてからのことについては、ツバキは多くを語ろうとはしなかった。それがあまりにも辛かったことは、梟助にもわからぬではない。

周りはどうであれ、少なくとも家族、良人や子供たちは、わたしを理解してくれていました。

しかし、見知らぬ人たちの中で、新たな一人の人間として生きて行くことが、いかに困難であるかは想像を絶するものでした。

一人きりで生きているとしても、かならず家族が、そして先祖がいます。いつ、どこで生まれ、どのような育ち方をし、なぜ生まれ故郷を離れねばならなかったのか。狂いもなければ矛盾もない偽の履歴を作りあげ、自分から進んで話すことはなくても、訊かれたら話さねばなりません。

そして話したかぎり、それを通さねばならないのです。

生きているかぎり親しい人ができます。そうなれば、だれもがさらに相手のことを知りたいと願うようになるのは当然です。自分について語ることは、普通ならなんの苦痛でもないでしょう。しかしわたしの場合は、嘘に嘘を重ねていくことになるのです。

そしてわずかな綻《ほころ》びから、相手の心に疑いが生じると、もうどうにもなりません。さらにわたしの場合は、相手は年とともに老いていくのに、自分は若いままという、ごまかしようのない事実が立ち塞がります。

それが両輪となっていますから、片方に不都合が生じれば、動きが取れなくなってしまうのです。

自分の来し方については、幼いときに事故で家族の全員を失い、天涯孤独となって、親類のあいだを盥《たら》廻《い》しされながら育ったと、それで通したこともあります。また、やはり事故のせいですが、なに一つとして覚えていないと偽ったこともありました。

しかし嘘は嘘、偽りは偽りで、かならず化けの皮は剝がれてしまいます。

なにより辛いのは、人に好意を持たれ、また自分がだれかに特別な思いを抱いたとしても、生涯をともにすごせないということでした。それは最初の良人との生活でよくわかっています。

わたしが選んだのは、というか選ばざるを得なかったのは、今のような生き方です。そう、囲われ者と偽って、世間の片隅でひっそりと生きることです。

幸い、そのためのお金には困りませんでした。人を、というのは男の人ですが、人を騙さなくても、わたしを援助してくれる人が多くいたからです。

長年にわたって得た蓄えで、わたしは働かなくても生きていくこと自体には困りませんでした。

一箇所に留まることなく、十年か長くて十五年、最長でも今回のように二十年で、家移《やうつ》りします。一所不住の生活です。

そして思うのは、自分とおなじような人がどこかにいるかもしれない、との淡い期待でした。

ひとつ所に安住できず、絶えず居場所を変えながら、目立たぬようにひっそりと生きているかもしれない人。いや生きていてほしい、どこかに居てほしいという、渇いた人が水を渇望するにも似た願い。

おなじような境遇の人を、必死になって探し求めました。だが、何十年も経っておなじ人に再会できたと思って有頂天になったら、本人ではなくて孫や曾孫《ひまご》だったということも何度か経験しています。だれだって死にたくないでしょう。老いたくはないでしょう。百人に訊けば、百人がそう答えるはずです。でも、それが得られたときのことを、実現したときのことを、本当に考えた人はいないと思います。

「いつの間にか、こんな時刻になっていたのですね。そろそろお別れしなくてはなりません。そしてこれが、わたしたちの永遠《とわ》の別れとなります」

「椿の花が咲いたら、いえ、艶やかなその葉を見るたびに、ツバキさんのことを思い出すでしょう」

「梟助さんのお蔭で、楽しい思い出ができました。本当にありがとうございました」

「いまさら申すまでもありませんが、葉を隠すなら木、木を隠すなら山、との諺もあります。人であるツバキさんがひっそりと暮らすなら、やはり人の中にまぎれるのがいいでしょうね」

「わたしもそのように考えております」

「その点、お江戸はどこよりも安全かもしれません」

「だと思います」

「もしも、どこかでわたしの呼び声をお聞きになられたら、声を掛けてください。わたしはだれにも申しませんから」

ツバキはそれには答えず、微かな笑みを浮かべただけであった。

梟助が鏡磨ぎの道具を入れた袋を手に立ちあがったとき、ツバキが言った。

「八百比丘尼はその後、どうしたのでしょうね」

「さあ、存じませんが、あるいは今もひっそりと、この国の各地を経巡《へめぐ》っているのかもしれません」

「では梟助さん、天から与えられた命を全《まっと》うしてくださいね」

梟助はそれに応えようとしたが、心をちゃんと伝えられる言葉が見付からず、ただ微笑んだだけであった。

それは初めてツバキに嘘を吐いたための、うしろめたさのためだったかもしれない。

記録によると八百比丘尼は、康正《こうしょう》元（一四五五）年というから太田資長《すけなが》（道灌《どうかん》）が家督を継いだころ、諸国行脚《あんぎゃ》を切りあげて生まれ故郷の若狭にもどった。ちなみに太田道灌が江戸城築城に取り掛かったのは、康正二年で、その翌年に完成させている。

故郷にもどった八百比丘尼は、洞窟にこもってみずから命を絶った。おそらくは、絶食による寂滅《じゃくめつ》だったのではないだろうか。

いくら親しくなったとしても、その相手はかならず先に老い、そして死んでゆく。常に取り残されることの悲哀、絶対的な孤独、体だけは衰えることも老いることもなく、生き続けねばならぬのだ。

あるいはツバキが一身に起きたことを梟助に打ち明けたということは、八百比丘尼とおなじ最期を迎える気持の表明だったのかもしれない。

だがたとえそうであったとしても、梟助にはそれを止めることはできないし、止める気もなかった。わずかな生を生きただけの人間が、とやかく言える問題ではない。その苦悩は絶対に、想像も理解もできないはずだ。

ツバキの意思を尊重するしかない。

それから、どれだけの月日が流れたことだろう。

梟助じいさんが根津権現に近い千駄木の、かつてツバキが住んでいた屋敷のまえを通りかかったときのことであった。垣根の向こうに、あの日、じいさんとツバキがいっしょに見た椿が、花を咲かせていた。

蝶千鳥の、一重《ひとえ》で清楚な白い花弁が陽の光を受けて輝いていたのだ。

梟助はツバキの控え目でやわらかな、そしていくらか寂し気な笑顔を思い浮かべた。

庭蟹《にわかに》は、ちと

一

「父さんにお聞きしますが、五日前、どこをほっつき歩いておりましたか」

息子に詰問されても、気を悪くすることなく、梟助《きょうすけ》じいさんはおだやかに窘《たしな》めた。

「ほっつき歩くなどと、梟太郎《きょうたろう》、いくらなんでも、親に向かってその言種《いいぐさ》はないと思いますがね」

「鉄砲洲《てっぽうず》の辺りを、ほ……」梟太郎はわざとらしく言いなおした。「歩いていませんでしたか」

「五日前に、鉄砲洲の辺りをねえ」

「近江屋《おうみ》さんが、父さんによく似た人を見掛けたと言っていました」

「人ちがいだと思いますよ。世の中には自分にそっくりな人が、三人はいると言いますから」

「鏡磨《と》ぎをしていたそうなんですがね」

梟太郎が一度に言い切らないで、小出しにするのもいつもの手口であった。梟助はのらりくらりと躱《かわ》そうとする。

「鏡磨ぎには年寄りが多いし、おなじような恰好をしていますから、ちょっと見には見分けがつかんものです」

「売り声といいますか、呼び声というのですかね、一度聞いたら忘れられないと、近江屋さんが言っておりました」

「ほほう。どんな」

梟太郎は少し間を置き、節を付けて唄うように言った。

「鏡磨ぎ。カガミ・トギー。ピッカピカに磨《みが》きます磨きます。いくら自慢のお顔でも、鏡が曇れば映りません」

「名調子だね。それなら明日からでも商売に出られますよ」

「ちゃかさないでください」

「鏡磨ぎはそんなふうに呼びながら、町を歩いているのか。一つ利口になりました」

梟助は長いあいだ鏡磨ぎをしていることを、梟太郎をはじめ周囲には隠してきた。

知りあいのだれかに言われたことがあったらしいが、梟太郎も最初は信じなかったようだ。

大店《おおだな》とは言えなくても、まずまずの商家の隠居である梟助が、鏡磨ぎなんぞをするはずがない。あるじのあいだは、梟右衛門《きょうえもん》として知られていたのである。そんな仕事をする訳がないと、だれだって思うだろう。

店は室町二丁目で小間物を商っている美弥古屋《みやこや》で、老舗《しにせ》として知られている。

店売りもすれば、五人の手代が地域を決めて、江戸の町を背負い商いしていた。ほかにも大名や大身《たいしん》旗本の屋敷を廻る番頭を二人擁《よう》している。

またいくらか高価な品を、何段にも分かれた箱に納めて背負い、近郊のお得意を廻る一人商いの小間物屋たちに卸してもいた。

その美弥古屋の先代あるじの梟右衛門こと梟助が、鏡磨ぎをやっているなどと、果たして信じられようか。

それがあちこちで、しかも何人もから聞かされたため、梟太郎もあるいはと疑うようになったらしい。しかし梟助は認めないで、そっくりな人が三人はいる、などとごまかし続けてきたのである。

なんとか振り切った三日後、梟助は渋い声で自慢の呼び声を聞かせながら、下谷広小路から下谷御数寄屋町の方へ流していた。

「鏡磨ぎさん」

「へい、毎度ご贔屓《ひいき》に」

声を掛けられて返辞をしたときには、呼んだのが男で、しかも聞き覚えがある声なのに気付き、しまったと思った。

「どんな鏡でもピッカピカに磨いてもらえるかね」

「そりゃ、もう」

烏帽子《えぼし》の垂れでなるべく顔を隠すようにしながら、そちらを見ないで言った。

「それはありがたいな、と・う・さ・ん」

一番まずい男に見付かってしまった。万事休す。袋小路に追いこまれ、咽喉《のど》もとに短刀を突き付けられたもおなじで、逃げようがない。

覚悟を決め、振り返るなり言った。

「隠居の道楽です。他人《ひと》に迷惑をかけずに、自分だけで楽しんでいるのだから、そのくらいはいいでしょう。おまえに店を任せられるようになるまで、家族のために自分を捨て、身を粉《こ》にして働き詰めで生きてきたのですから」

「働き詰めで生きてきたのですから」と、息子はそっくり言葉を返した。「隠居になってまで働かないでください。どうか楽をしてください。楽隠居ですよ。夢に見ても、なれない人がほとんどだと言うのに」

「根が貧乏性なのか、楽をしていると気持が悪くなる。だから梟太郎、父さんの道楽だと思って認めておくれでないか」

「自分だけで楽しんでいる、他人に迷惑をかけていないとおっしゃいますが、とんでもない。どれだけ迷惑をかけているか、わかりませんか。家族のことを、店のことを、少しは考えてください」

「それを考えぬことなど、一日としてありませんでしたよ」

「母さんが生きていたら、いかばかり嘆かれることやら」

「ハマは諸手を挙げて、喜んでくれたと思いますね。わたしがいかに商売を苦手にし、商人《あきんど》を嫌がっていたかを知っていましたから」

ださい」

「死人《しびと》に口なしです。母さんを持ち出すだなんて、そんな狡い手は使わないでく
「持ち出したのは梟太郎でしたよ」

「立ち話もなんですから、帰ってからにしましょう」

通りすがりの人がチラリと見るのが気懸りなのだろう、こんなむさい老人とい
っしょのところを知りあいに見られてはたまらない。しかもそれが父だとわかっ
たら、どう思われるだろう。梟太郎の心の裡《うち》は見え見えだった。

「そうだね。まだ八ツ半（午後三時）には少し間がありそうだが、今日は早仕舞
いにしますか」

「隠れ家に行きましょう」

「隠れ家って」

「朝は商家のご隠居さんという恰好で出掛け、夕刻におなじ着物でもどります。

どこかで着替えるしかないじゃありませんか」

梟助が答えないでいると、梟太郎は声を低めて、その分ドスを効かせた。

「なんなら案内してもいいですよ」

そう言って梟太郎は父親を急かせた。

二

「わたしがどこで生まれ、どのようにして母さんといっしょになったか、梟太郎は知らないはずです」

「母さんはいっしょになってからのことばかりで、それまでのことは、訊いても話してくれませんでしたから」

「わたしが話さなかったからね。話さないのは話したくないからだと、母さんはあれこれ訊いたりはしませんでしたよ。頭の良い人だから、途切れ途切れに話したことを繋ぎあわせて、ある程度のことはわかっていたかもしれませんがね」

　そう前置きをして梟助は語り始めた。

　離れの隠居部屋である。梟太郎は妻にも番頭にも、だれも寄越さぬようにと命じておいた。

「これから話すことは、わたしが見聞きしたこと、育ての親の喜作や梟太郎のじいさま、つまりわたしにとっては義理の父である庄右衛門さん、それにハマなどから聞いたことを含め、わたしの知っていることのすべてです。だから、喜作や庄右衛門さん、あるいはハマの立場からのように感じることもあるかもしれませんが、それを承知で聞いておくれ。梟太郎には厭なことも、聞きたくないこともあるだろうが、わたしはありのままに話します。いいですね」

梟助にじっと見られて、梟太郎はゆっくりとうなずいた。

「越中の氷見《ひみ》は能登《のと》とともに、鏡磨ぎの出身地として知られていてね。わたしはその氷見に生まれた」

父は喜作、母はミキ。田畑《でんぱた》は持っていたが貧しい百姓だった。

実の両親でないのを知ったのは十歳のときである。頭振《あたまふり》のもらいっ子とからかわれたので、悔しくて喰ってかかった。頭振は百姓より下の水呑《みずのみ》で、小作や雇われ仕事で口を糊していた。

父に問い質《ただ》すと、哀しそうな顔で認めた。頭振の若夫婦が乳呑児を残して死んだので、喜作たちが引き取ったと言われた。

「だがな、本当の子として育ててきたし、これからもその気持は変わらない」

「父は本心からそう言ってくれた」と、梟助は息子に語った。「もっとも、氷見の俚語《さとことば》で話したのだが、そのままでは梟太郎には意味がわからないだろう。いや、わたしも氷見の言葉では喋れない。江戸に出てからのほうが、はるかに長くなったのでな。だからこのあとも江戸ふうに話すとしよう」

梟太郎は思いもしなかった父の打ち明け話に、固唾《かたず》を呑んで耳を傾けている。

梟助は一呼吸置いて続けた。

ともかく喜作は貧しかったので、冬と夏の農閑期に、年間の三分の一以上の百三十五日くらい、組になって鏡磨ぎの稼ぎ旅に出た。

当時の鏡は銅製で、磨ぎあげた面に水銀を使って錫を鍍金《メッキ》する。しかし半年もすると曇りが生じて映りが悪くなるので、鏡面を磨ぎなおして鍍金する必要があった。半年なので、冬と夏の農閑期に鏡磨ぎが稼ぎ旅をするのに、ちょうどよかったと言える。

組は親方と子方《こかた》五、六人から成るが、大抵は親類である。組には親戚でなくても、またあとからでも入ることができたが、その場合には酒肴を持参し、盃を交わして親子の契りを結ぶ。

稼ぎ旅に出る前夜は、子方が親方の家に集まり、家族とともにささやかな前祝いの宴を張る。水盃ではないが、家族とは別れの盃の意味もあった。旅は危険で、なにがあるかわからないからだ。

十五歳で初めて梟助は鏡磨ぎをした。

鏡はくすんでいて顔の輪郭さえわからなかった。細かな粉が吹いているのは、錆のせいかもしれない。

教えられたとおりに磨ぎ終えた梟助は、鏡を覗きこんで驚きの声を発した。

「鏡の中に人がいる」

子方がどっと笑った。冗談だと思ったのだろう。

「どんな人だ」

「見たこともない、きれいな女の人」

爆笑が起きた。手を打ち鳴らしたり、自分の膝や仲間の背中を叩いたりしながら、笑い転げる。

その笑いがスーッと退いていった。梟助が冗談を言っているのではないらしいと、気付いたからだ。同時に、梟助がそう言ったのもむりはないと思った。

「きれいな女の人に見えるかもしれんが、梟助さんだよ」

言われてもキョトンとしている。

「もう一度、映してみなよ」

鏡の柄を持って、梟助は顔を映した。

「それが梟助さんだ。きれいな女の人に見えるほどの男前なんだよ。そう言われたことあるだろう」

「からかうんだから」

「笑ってみな」

「女の人が笑いかける」

「まだ、言ってら。だったら、柄《え》を握った手を捻《ね》じってごらん」

映るものが目まぐるしく変わった。子方の顔や燭台の灯が映る。梟助には手妻《てづま》のように思えた。

「鏡はな、鏡のまんまえにある物を映すのだよ」

だが梟助は、それだけではないような気がした。とても神秘なものに見えたのだ。

「鏡は正直だから、ていねいに磨ぐほど、よく映すのだ」

かれらが稼ぎ旅に出るのは、金のためだけではないという気がした。なにかほかに、鏡をめぐる素晴らしい秘密があるにちがいない。

「おれも連れてってくれ」

「だめだ」と、即座に喜作は言った。「仕事となると、それで金を稼ごうと思うとな、並大抵ではない。みんな血のにじむような苦労をしとるんだ」

「親方は梟助さんが男前なので、善からぬ女に言い寄られて、変になるのを心配してるんだ」

だれかがからかった。

「ちゃんと磨げるようになったら、連れてってやるから」

喜作は梟助をじっと見てからにッと笑い、おおきくうなずいた。


稼ぎ旅から無事にもどれた祝いに、ささやかな宴を設けた。

喜作と子方たちが飲んでいるその横で、梟助が黙々と鏡を磨いでいた。始めるまえに全員に見せたが、すっかり映らなくなった鏡であった。

だれもが気になるらしく、横目でちらちらと梟助を盗み見た。

ほどなく梟助が、さあ見てくれと言わんばかりに、喜作に鏡を差し出した。

「もうできたのか」

思っていたより早く仕上げたからだろう、喜作も意外な顔をしている。正面から見、横にしたり斜めにしたりして念入りに見ていたかと思うと、古顔の子方に渡した。次々と子方の手に渡る。だれもが驚きを隠さなかった。

喜作や子方が稼ぎ旅に出ているあいだ、梟助はひたすら磨ぎの腕を磨いていたのである。

「次からおれも連れてってくれ」

喜作は順に子方の顔を見た。

そしてしばらく思案してから、ぽつりと言った。

「仕事はつらいぞ」

十六歳の年、梟助は喜作の供をして稼ぎの旅に出た。

梟助はすなおで頭もよく、まじめに働いた。覚えも早いし、仕事もていねいで仕上がりがいい。

組は親方の喜作を含め七名で、梟助以外は二十代と三十代であった。子方は全員が頭振で、梟助を親方の息子というより、年の離れた弟のように感じていたのだろう、だれにも可愛がられた。

鏡磨ぎは大部分の客が女性なので、小間物もいっしょに商う。江戸に出たら、紅や白粉《おしろい》、櫛や簪《かんざし》などを買ってもらいたいと頼まれることがけっこうあったので、であればと小間物屋とおなじく箱を背負うようになったのである。

江戸での稼ぎが終わると、客にたのまれた品を選ぶため、かれらは小間物屋に立ち寄った。

喜作や子方たちは品を選び始めたが、梟助は頼まれた小間物がないので、ぼんやりと並べられた品を見ていたのである。

「鏡磨ぎはたいへんなお仕事なんでしょ」

声を掛けられて振り向くと、店の一人娘ハマであった。

店に行くことが決まると、子方たちが「あのブス」とか「行かず後家になるんじゃねえか」、あるいは「金目当ての婿の一人くらい現れるだろうよ」などと、ひどいことを言って笑っていたのを思い出した。だが梟助は醜女《しこめ》とは感じなかった。子方たちは、絶対に自分たちの手が届くはずのない江戸の娘なので、悔し紛れにそのような言い方をしたのかもしれない。

「仕事となれば、なんだってたいへんです」

「楽しいこともあるの」

「そりゃありますよ。楽しみがなければ続けられません」

「お客さんが女の人だから」

年上の女らしいからかいであった。

「いい磨ぎができると、鏡は正直だから、普通に映るもの以外のなにかを映し出してくれるのです」

訛《なま》りを笑われるのが恥ずかしくて、ほとんど話すことのできない自分が、随分と喋っているのに梟助は驚いた。

「本当ですか」

年下の、田舎者の職人程度にしか見ていなかったハマは、内心で驚いていた。気が付くと、言葉がていねいになっていたのである。

「そんな気がします。自分の顔なのに、ちがって見えることがあるのです。よく見えることもあれば、悪く見えることもあります」

「なんだか怖いわ」

「信じていませんね。お嬢さん、手鏡を、いやもっとおおきな柄付き鏡がいいのだけれど」

「だったらわたしの部屋に来てくださいな」

ハマの柄鏡は箱入りで布に覆われていたが、径が八寸（二十四センチメートル強）の立派なものである。覆いを取ると、ほとんど曇っていなかった。

「磨いでいいですか。まだ、きれいだけど」

「お願いします」

磨ぎ終わって顔を映したハマが、息を吞んだ。

「本当だわ。いつもとまるでちがう」

「どうちがいますか」

「なんだか活き活きして、楽しそう。自分のこんな顔を見るの、初めて」

店にもどってしばらくすると、喜作や子方の品選びが終わった。梟助とハマが話しているのに気付いた者もいたかもしれないが、なにを話したかまではわかるはずもない。

三

梟助の一生を変える出来事が起きたのは、十七歳のことだ。

翌年も江戸での仕事を終えた喜作たちは、たのまれた品を選びに小間物屋に寄った。そう多くないし、また高価な品を買った訳でもないのに、一行は座敷にあげられて、茶菓子を振る舞われた。

奥さまのトシが若い鏡磨ぎたちの相手をしているあいだに、主人の庄右衛門が親方の喜作を別室に呼んだ。

世間話をしながら、庄右衛門はさり気なく聞いた。

「若い人がいっしょでしたが」

「へい、梟助と申します」

「去年もたしか」

「へえ、去年からで」

「なかなかすなおそうだし、それにあれだけの美男となると、江戸にだってそう多くはおりません」

「旦那さま、どうか本人をまえにしては、おだてないようにねがいます。江戸の大店の旦那さまにそんなことを言われたら舞いあがって、自惚《うぬぼ》れてしまいますので」

毎年のように江戸に来ている喜作は、言葉こそ江戸者らしく聞こえるが、田舎言葉でないというだけで訛りはかなり残っていた。しかし庄右衛門と話していて、問いなおされることもない。ちゃんと通じているのである。

「あれだけいい若衆《わかいし》だと、女子《おなご》どもが放ってはおかんでしょう。国許に嫁さんを置いての旅は、さぞ辛いだろうと察しますよ」

「いえ、十七の若造ですので、嫁なんぞはまだまだでございます」

ほほう、という顔になって、庄右衛門はわずかなあいだ考えてから、少し真剣な調子で言った。

「そうすると、言い交わした娘さんかなんぞが、待っておるということですな」

「いるものですか。それに女房をもらいましても養いきれませんよ、鏡磨ぎ風情《ふぜい》では」

「あれだけの男振りで独身《ひとりみ》とは、なんともったいないではありませんか。であれば、婿養子の話なんぞが」

「あればよろしいのですが、なにせ頭振ですので」

「あたまふり、と申されると」

「百姓なら田畑を持っておりますが、水呑ですから、小作や雇われ仕事をやっています。それでも苦しいので、鏡磨ぎの稼ぎ旅に出ねばならんのです」

庄右衛門は黙ってしまった。

「しかも乳呑児のころに両親《ふたおや》に死なれ、あたしが引き取りましたのでね。嫁を持たせにゃとは思っとりますが、いつになりますことやら」

「そうしますと親方。あ、失礼、まだお名前をお聞きしておりませんでした」

「喜作と申します」

「喜作さんが親方であり、親代わりということになりますな」

「親らしいことは満足にしてやれませんが」

「となれば梟助さんは、喜作さんの言うことならなんでもお聞きになる」

「すなおだけが取柄で、逆らったことは一度だってありゃしません」

「となりますと、話も早い」

パッと明るくなった庄右衛門の顔を見て、こんな話が長々と続いたのは魂胆があったからだと、喜作は初めて思い至った。

「親方に折り入って、ご相談したいことがあるのですが」

「な、なんでしょう。改まって」

「そのことでございます。去年もわが美弥古屋にお見えになりましたが、梟助さんもごいっしょでした」

「はい、さきほどもそう申しました」

「皆さまがお帰りになられてから、一人娘のハマのようすがおかしくなりましてね」

「まさか、あの梟助がよからぬことをお嬢さまに」

「それが、いくら問うても言わないのです」

「やはり、梟助が」

「はい」

喜作はその場に両手を突いて平伏した。

「申し訳もございません。わたくしからよく叱っておきますので、どうかご勘弁を」

「お顔をおあげください。早とちりされてはこまります」

言われて顔をあげた喜作は、頓狂な声をあげた。

「すると、お嬢さまが」

「お恥ずかしい話ですが、梟助さんに一目惚れしまして、どんなことがあってもいっしょになりたい。それが叶わなければ死んでしまうとまで」

であればすぐあとを追えばいいのだが、ハマがそれを打ち明けたのは、喜作たちが美弥古屋に来た三日後であった。江戸での仕事を終えて帰ることになったので、たのまれていた小間物を求めに来たのである。

三日も経てば、どこを歩いているか見当もつかない。

旦那の庄右衛門と奥さまのトシは、なんとか諦めさせようとしたが、ハマは首を振るばかり。仕方なく、来年も来るだろうから、そのときもあの若い人がいたら、なんとしても親方にたのみこんでいっしょにさせてやると、約束してしまったのである。

庄右衛門もトシも、半年もすればほかに好きな人ができて、気が変わるかもしれない。あるいは諦めてくれるだろうと、虚しい思いを描いた。

ところが一ヶ月ほどまえから、ハマはあまり喋らなくなった。十日まえになると、そわそわし始めた。

諦めることなど、とてもできなかったのである。恋い焦がれる気持が、ますます強くなってしまったのだ。

これで梟助がいっしょに来なかったら、いや、来ても断られたら、娘は世を儚《はかな》んで死んでしまうのではないかと、庄右衛門もトシもそれだけが気懸りであった。

「ところが本日、梟助さんが」

「わかりました。もうそれ以上おっしゃらないでください」

「お力になっていただけるのですね」

「頭振の小倅が、江戸の大店のお嬢さまに、そこまで思っていただけるなんて、梟助ほどの果報者はおりません。厭という訳がありませんが、万が一渋りましても、このわたしがなんとしても」

喜作は胸をドンと叩いたのである。

「この話がまとまりましたなら、お礼は十分にいたす所存です。それに親御さんがおられず、親方が親代わりとのことですので、支度金も親方に」

庄右衛門は小机の文箱から紙の包みを取ると、喜作のまえに滑らせた。

「お礼はのちほどさせていただきますが、これは本日、皆さまで軽く御酒《ごしゅ》を召しあがっていただきたいとの、ほんの酒代《さかて》でございます。どうかお納めください」

一瞥したが小判、それも一枚ではない。おそらく三枚、と喜作は見当を付けた。

「こんなことをしていただいては」

「それだけ頼りにしているということですので、ぜひとも」

「そういうことでしたら」

頭をさげて喜作は包みを受け取った。ほんの酒代がこれなら、十分なお礼はいくらになるのだろう、と胸の裡《うち》で思いながら。

「あとの喧嘩を先にすると言いますので、のちになって約束がちがうの、騙《だま》されたのと言われては困りますゆえ、正直に申します」と、そこで庄右衛門は息とともに言葉を吐き出した。「あるいはとお思いだったやもしれませんが、娘は、ハマは器量がよくありません。しかもかなり齢がいっております」

「と言われましても、旦那さまのお齢からすれば、三十は超えておりますまい」

庄右衛門はいくらか安堵したふうであった。

「二十四です。大年増です。梟助さんより七つも上になります」

「倍の三十四だと梟助も首を縦にふらないかもしれませんが、わずか七つちがいでしたら」

「わずかとも思えませんが。では、少々お待ちを」

部屋を出た庄右衛門は、すぐに娘のハマを連れてもどった。

「こちらが梟助さんの親代わりの喜作親方だ。娘のハマです」

喜作とハマはあいさつをしたが、喜作は内心ホッとした。二十四まで売れ残っていたのだから、目をそむけたくなるほどの醜女で、権高《けんだか》なぎすぎすした娘を予想していたのである。

それまでに何度か顔は見ていたはずなのに、まるで覚えていなかったのだ。

たしかに美人ではなかったが、醜いというほどではない。

ひどく緊張していたらしくハマは固い表情をしていた。ほどなくそれが解けると、物静かで控えめなのがわかった。話し振りもおだやかで、相手を安心させるようなところがある。

「先程も申しましたが、梟助は果報者でございますよ。厭というはずがありません」

喜作は断言した。

四

喜作は激怒した。

あろうことか、梟助が厭だと言ったのである。

美弥古屋を辞して馬喰町《ばくろちょう》の木賃宿にもどると、喜作は梟助以外の子方に、酒でも飲んでこいと言って一分金を渡した。鏡磨ぎの子方にとっては、一両の四分の一となると大金である。十分なお礼という言葉が心地よく反響して、喜作をいつになく太っ腹にしたのだろう。

子方たちは信じられぬという顔で、本当にいいのですかいと、何度も喜作にたしかめたほどだ。

子方たちが姿を消すと、相変わらず頭の中で響く言葉に満悦しながら、喜作は梟助に言った。

「梟助、喜べ。盆と正月がいっしょに来たぞ」

喜作は得々として、まるで自分の手柄話のように喋ったのである。江戸でも知られた小間物屋の一人娘に見初《みそ》められたこと。ぜひとも婿にと請われていることを。そして言い足した。

「まあ、二十四の年増で、どちらかと言えば美人ではないがな」

大喜びで泣きながら感謝すると思っていた喜作は、首を横に振られて、信じられぬ思いで梟助を見た。いや、どうしても信じることができなかったのである。

「氷見の頭振の小倅で鏡磨ぎという身にとっては、願ったり叶ったりではないか。なにが不満なのだ。相手が二十四で七つも年上だからか。だが、そんなことは最初だけで、いっしょになれば年の差なんて、なんでもなくなる」

梟助は首を振った。

「美人でないからか、それだって最初だけで」

梟助はさらに激しく首を振った。

「頭振のくせして贅沢を言うな。理由《わけ》を言え理由を」

火を噴くほど怒り狂った喜作に迫られて、鏡磨ぎの仕事が好きなんですと梟助は訴えた。

それが嘘、言い逃れであることは、喜作にすればお見通しである。いや、梟助にとっては決して嘘ではなかったが、喜作に通じる訳がなかった。

鏡磨ぎは親方と子方の縁組をすると、親方に開業の資金を出してもらう。それを必要な道具の購《か》い入れや、路銀に当てるのである。義理の親であろうと変わることはない。

話を断るのなら返せと喜作は迫った。これまでのように、仕事をしながら少しずつ返すと言ったが受け付けない。それだけではすまなかった。

「だったら親方、子方の縁を切る。そうなると、どこの親方も使ってはくれない。好きな鏡磨ぎの仕事を続けることはできんぞ。それでいいのだな」

梟助はうなだれて黙ってしまった。

「どうだ、梟助。ここは一つわしの顔を立てて、おハマさんと所帯を持ってくれんか」

それでも梟助は無言のままである。

「三年だけ我慢してくれ。それでもだめだと言うなら、別れてもしかたがない。わしもそれ以上はなにも言わん」

無言が続く。

「おまえの気持をたしかめずに、おハマさんといっしょにさせると約束したわしもよくなかった。だが男が約束をした以上は破る訳にいかんのだ。どうかわしの顔を立ててくれ。たのむ、このとおりだ」

喜作は両手を突いて深々と頭をさげた。

「父さん、よしてください。子供に頭をさげるなら、そこまでされるなら言いますが、去年、今年と、わたしは鏡磨ぎの仕事をしてきました。いろんな人にも会いました。商人《あきんど》にもたくさん会っています。わたしはどうしても、商人が好きになれません」

かなりの衝撃を受けたのが、喜作の表情からわかった。だが、梟助は続けた。

「本音と建て前なんてものではありません。金儲けのことしか考えていないのです。平気で嘘を吐《つ》きます。人を騙してばかりいるのに、虫も殺さぬような顔をしています。裏表の差がひどくて、虫唾《むしず》が走るのをどうにもできないのです」

喜作は目も口も開いたままで、ただただ梟助を見ている。そして言った。

「血というものは恐ろしい。血は正直だ。血は争えない。これが血と言うものか」

納得したとでもいうように、喜作は何度もうなずいた。訳がわからず梟助は混乱した。

「これ以上は隠せないので、本当のことを言おう。梟助よ。おまえは百姓の子ではない。ましてや頭振の子なんかであるものか。顔付がまるでちがうだろう。おまえはお侍、それもかなり身分のあるお侍のお子なのだ」

稼ぎ旅の帰路、高岡に近い山中で一行は惨劇のあとに遭遇した。三十歳まえだと思われるお武家とその奥方、供侍二人、荷運びの下男三人が惨殺されていたのだ。

まともに闘っては傷を負う、うっかりすれば反撃されて斬り殺されかねないと思ったのか、追い剝ぎどもは矢を射掛けていた。腹部を矢が貫いていたので、これではまともに闘えない。

金や荷物、刀や槍を奪っただけでなく、衣類も剝ぎ盗られていた。梟助の生母のことなので喜作は触れなかったが、おそらく奥方は、目をそむけずにいられぬほど酷《むご》いことになっていたはずだ。

動くものがあった。乳吞児である。なぜ助かったのかは、着ている物や体を検《あらた》めてわかった。首からさげた迷子札のために一命を取り留めたのだ。

迷子札は江戸の幼児には珍しくない。人が多くて、特に雑沓する祭礼などでは頻繁に迷子になるからだ。

乳呑児に迷子札は、旅でのこともあり、万が一を考えてのものだろう。その万が一に遭ってしまったのである。

梟助という字が読めた。その次に住居と父親の名を記してあったのだろうが、削ぎ落とされていた。

泣き叫ぶので刀で斬るか突くかしたが、木札のお蔭で助かったのだとわかった。

「おまえの胸、左の乳の辺りに少し残っているのが、そのときの傷だ。迷子札のお蔭で命拾いをしたのだよ」

喜作はそう言った。

多分、斬り付けられて気を失ったので、賊は絶命したと思ったのだ。実際には木札を削り取っただけであった。

読み取れるというほどではないが、わずかに残った字から加賀前田家の御家来らしいとわかった。名前くらいで姓もわからぬでは、とても探せないだろうと喜作は思った。ほかに証拠となるものがなにもないのである。

そのとき、喜作は二十四歳で子方として稼ぎ旅に出た帰りであった。ミキと所帯を持って、男の子を一人儲けていた。

親方は子だくさんで、それ以上はとてもむりだと言った。ほかにも引き取れそうな者はいない。全員に見られて喜作が引き取ることにした。

「どうして梟助という名を付けたかを、話したことがあったが、だからあれは嘘だ。すまんかった」

「すまんだなんて」

「はずかしい話、梟助をなんと読むのかわからなんだ。いや、見たこともない字だった。だから寺の和尚さんに教えてもらったのだ。梟が知恵のある鳥だとか、いろいろ言ったのも、わしではなくて和尚の知恵だ」

　喜作は辛そうに言った。

「ただ、わしは後悔している。あのとき金沢の城下に行けば、もしかすればなにかがわかったかもしれない。しかしあれから十何年もが経った今となっては、とてもむりだろう」

　百姓仕事と鏡磨ぎの稼ぎ旅があれば、実際には行こうにも行けなかったはずだ。

「だが梟助、お侍はむりとしても百姓、ましてや頭振にだけはしたくないとわしは思っていた。稼ぎ旅に連れて行こうと思ったのは、百姓は作十に継がせて」と、喜作は長男の名を出した。「おまえには、悪くてもせめて鏡磨ぎの親方を、と思っていたからだ。それに顔立ちがよく頭もいい梟助のことだ、どこかでかならず運を摑めるはずだと信じていた。それが美弥古屋さんだとしか思えなんだのだ。だがもう言うまい」

そこで間を置くと、喜作はきっぱりと言った。

「商売や商人の狡さを嫌うのは、おまえの血がお侍だからだ。その潔《いさぎよ》さがそうさせている。だからこれ以上、強いることはしない。商人になっては、おまえは幸せにはなれん。だから親として、育ての親でしかないが、息子を不幸にしたくはない」

梟助は頭を振った。

江戸の商人の世界に入るなど、考えただけで怖気《おぞけ》立《だ》つ。だが、これを聞かされては、そんなことは言っていられない。しかも大恩ある育ての親に、頭までさげられたのだ。

さげた頭をあげた喜作は、梟助が承知したらしいと知って驚いた。信じられぬという顔をしている。

「美弥古屋の婿になると言うのか」

「はい」

「一番嫌っている商人になれば、苦しむだけだぞ」

「わかっています。でも、父さんがそれほどまでにわたしのためにしてくれたのだと知った今は、それでもだめだとは言えません」

「自分が我慢すればすむことだと考えているのだな。それもお侍の血だからだ」

「実は去年、わたしはおハマさんと話したことがあるのです」

「話したと言っても、あいさつと、せいぜい世間話だろ」

「鏡の話です。そればかりではありません。おハマさんの部屋で、あの人の鏡を磨いであげたのです」

「そんなことがあったのか。なぜ黙っていたのだ」

「あのとき、この人はわたしのことをわかってくれている、と思いました。その人がいっしょになりたいと、言ってくれているのですから」

「しかし、それはおハマさんだけで、周りは大嫌いな商人ばかりだぞ」

「鏡磨ぎをしていても、商人と付きあわねばなりません」

「それはそうだが」

言ったなり、喜作は考えこんでしまった。

「わしもそのほうがありがたいし、おハマさんもいることだ。しかし、いいのか。本当にいいのだな」

「二言はありません」

「さすがお侍の血だ」

となると動きは早い。絶対にどこにも行くなと念を押して、喜作は室町二丁目の美弥古屋に走ったのである。

馬喰町からは西へ、小伝馬町から鉄砲町、さらに本石町《ほんごくちょう》を四丁目、三丁目と進んで、二丁目の手前で南へ進めば室町で、距離にして十数町であった。

美弥古屋の庄右衛門とトシは大喜びし、梟助の気持が変わらぬうちにと、素早く祝言の日取りを決めてしまった。暦を見ると三日後が大安吉日である。

梟助の両親はすでに死んでいた。育ての親の喜作と、子方たちはなるべく早く氷見に帰り、農作業に掛からねばならない。

庄右衛門と喜作は、三日後に祝言を執りおこなうことにした。出席者は、花婿の梟助側は喜作と子方五人だけで、花嫁側はごく近い肉親で出席できる者だけにした。

そのかわり半年後、日を改めて取引先やお得意、また同業やご近所、親類縁者を呼んで披露宴を設けることにした。半年後としたのは、喜作たちの次の稼ぎ旅にあわせたのである。

大筋を決め、細かなことは明日に改めてということで、宿に走りもどった喜作は、梟助の姿を見て胸を撫でおろした。遁走していないかと、内心不安でならなかったのだ。そしていい機嫌に酔った五人の子方が帰宿するのを待って、旅籠町《はたごちょう》のずっと高級な宿に移った。

打ちあわせに来る者もいるので、相手側のことを考えると木賃宿という訳にいかなかったのである。資金はたっぷりあった。庄右衛門から渡された礼金が、予想をはるかに上廻っていたからだ。

そのようにして、あわただしい中にも三献《さんこん》の儀は滞りなく進められ、初床《はつどこ》もぎこちないながら無事に終わった。

さて、可愛い一人娘の願いは叶えることができたが、父親の庄右衛門は頭を抱えるしかない。なにしろ無筆《むひつ》の頭振を、一人前の、それがむりなら、せめて見た目だけでも、商人らしく仕立てなければならないのである。

商人として最低の読み書き算盤《そろばん》、そして礼儀、いやなによりも言葉である。これが身に付かねば、なにも進まない。

そこで庄右衛門は考えた。考えに考え抜いて心に決めた。梟助は十七歳だ。二十歳までに三年ある。十分な期間とは言えないが、三年でなんとか商人に仕立てよう。

庄右衛門は梟助を、二十歳までは店に出さないことにした。幸い店は番頭に任せられるので、梟助にかかりきりで教育できる。

梟助は利発で、しかも熱心であった。あれだけ嫌がっていた商人だが、一度その世界で生きなければと決めると、ひたすらに学んだのである。それもあって覚えは早かった。遅くとも三年、できれば二年と庄右衛門は思っていたが、一年でなんとかという線にまで漕ぎ着けたのである。

五

話が少し進みすぎた。それまでに克服しなければならない大問題があった。言葉である。

梟助は無口であったが、その理由ははっきりしている。黙っていさえすれば一人前に見えるが、口を開いた途端に田舎者だとわかってしまうからだ。

喋り方が、訛りがおかしいと笑われる。だから黙っている。しかし喋らなくて商人が務まる訳がない。

無口な田舎者を、いかにして江戸の商人に仕立てるか。これほどの難問はないだろう。

旦那の庄右衛門と大番頭の善吉は、額を寄せて相談した。

「寄席が一番でしょう、大旦那さま」

善吉は老舗の大番頭だけあってそつがない。梟助が婿入りした日から、庄右衛門は旦那さまから大旦那さまになった。梟助が旦那さまになったからだ。やがて梟太郎が生まれることになるが、お坊ちゃまではなく若旦那さまと、呼び分けている。

その大番頭の善吉が明言したのである。

「寄席ねえ」

「やはり寄席ですよ」

落語にはあらゆる階級、そして職業の人物が登場する。お武家、商人、職人などが主人公なので、それぞれの言葉や話しっぷりが自然と耳から入ってくる。

それにあいさつ、喧嘩の仕方、啖呵《たんか》の切り方、詫びの入れ方、お礼の言い方などが、聞いているだけでわかるようになる。

「噺家はよく狂歌や川柳を例に引きますが、これが勉強になります」と、大番頭の善吉は説いた。「人の喜怒哀楽、悲喜こもごもが出ておりますからね。本降りになって出てゆく雨宿り、とか、泣きながら良い方を取る形見分け、こういうのを聞くと、人には、そして人生には、裏も表もあることがわかりますしね。ともかく学べること、耳学問ができることは、わたしが請け合います」

「なるほど、案外いいかもしれませんね」

「いいですとも。案外なんてものではありません。寄席は無学者の手習い所、と申しますから。となりますと、お嬢さま、ではなかった若奥さまに、ごいっしょねがわねばなりませんですね」

「ハマとかい」

「黙って一人で聞いていても意味がありません。おハマさまがごいっしょでしたら、わからないことが聞けますし、教えてもあげられます。まず言葉の意味。それから、これは冗談ですよ、洒落《しゃれ》ですよ、言葉遊びですよ、掛詞《かけことば》ですよ、などなど」

「名案だと思えてきましたよ、番頭さん」

「夫婦仲は睦まじいですが、さらに睦まじくなられて、近いうちに初孫の顔が見られるようになりますよ」

初孫の顔が効いたのかもしれないが、若夫婦の寄席通いが始まった。

明るいうちは庄右衛門がつきっきりで教え、早目の夕食をそそくさとすませると、ハマと寄席に向かう。

ハマにとっては、二人きりになれるのがうれしくてならない。なにしろ見初めた男なので、尽くし方がちがう。

しかも負い目があった。自分が七つも年上なのだ。男が年上なのと女が年上なのでは、意味がまるでちがってくる。まさに雲泥の差であった。自分が美的な魅力に欠けているのも自覚しているので、なんとしても気に入られよう、嫌われまいと心を砕く。

梟助が初めて美弥古屋に来たとき、ハマはその容貌に惹かれて、思わず声を掛けてしまった。一目惚れと言ってもよかった。

ところが梟助が鏡の話を始めると、この人には他人にはないなにかがある、と感じたのである。人が見ない物を見る目がある、というか、人に見えないものが見えるようだ、そんな気がした。いっしょになるならこの人を措《お》いてない、と直感した。

そして夢が叶い、連れ添って歩けば、だれもが振り返るような美男子といっしょになれたハマは、天にも昇った心地がしたものだ。

　だがほどなくハマは、べつの魅力に気付かされた。ほかの人からは感じられぬ、独特の慈《いつく》しみを感じることができたのである。しかも聡明であった。その上まじめなのだ。努力家なのだ。そしてなによりもすなおなのだ。

　すなおな梟助が、一度だけ頑固になったことがあった。

　披露宴は先だとしても、ハマと所帯を持ったことはだれもが知っている。店には出ずに庄右衛門に教えを受けてはいるが、顔をあわせるのは家族だけではない。奉公人、出入りの小間物売り、寄席への行き帰りには近所の人ともあいさつする。

　庄右衛門から改名の話が出た。

「梟助というと、まるで小僧か棒手振《ぼてふ》りのように聞こえます。商人らしくありませんので、改名をせねばなりませんな」

「厭です」

　はっきりと梟助は断った。迂闊だったと焦ったのは庄右衛門である。まるで小僧か棒手振りのようだと言われれば、馬鹿にされたと腹を立てるのは当然である。

　だが、梟助はそのことを怒ったのではなかった。

「梟は知恵のある鳥だからと、父がつけてくれたのです。梟をご存じですか」

「え、ええ。そりゃ」

「わたしは商人になるため学んでいますが、そのためにはもっともっと知恵がなくてはなりません。父は教えてくれました。梟はおおきな二つの目で、同時に反対のものを見ることができる、と。例えば嘘と真《まこと》ですが、これが見抜けぬようでは、本物の商人とは申せません」

梟については、喜作が寺の和尚に聞いたことの受け売りであった。

その場に居たのは、二人のほかにはハマと母のトシ、そして大番頭の善吉であった。だれもが驚きを隠せなかったが、中でも善吉は異人さんでも見るような目であった。いや、偉人だったと気付いたのかもしれない。

訛りは強いが、ちゃんとした言葉で喋っているのである。

「それから、きれいと醜いと」

「……美と醜」

善吉が梟助の言葉に、つぶやきを付け足した。

「今までとこれから」

「……過去と未来」

「善いことと悪いこと」

「……善と悪」

「わかりました」と言った庄右衛門も、普段とはちがう声と調子であった。「ですがね、梟助さん。商人になるため学んでいると言われたのが本心なら、ここは年寄りの言うことに従って、名を改めてください。梟助という名を馬鹿にしているのでも、よくないと言っているのでもないのです。商人としてふさわしくないと申しているのです。その名では生涯、あなた本人が厭な思いをし、苦労をし続けなくてはならないから、それが目に見えているからこそ申すのです」

梟助は口を緘《かん》してしまった。部屋に重苦しい空気が満ちたようで、息苦しくてならない。たまりかねたハマが口を開こうとしたとき、

「わかりました」

そのひと言に、一番ホッとしたのは庄右衛門だったようだ。

だが梟助はそのままでは引きさがらず、二つの条件を出した。まず、改名してもその名に梟の一字をかならず入れること。

ということで、梟右衛門《きょうえもん》に決まった。義父が庄右衛門なので一字だけ入れ替えたのだが、ちゃんと梟が入っているだけで、梟助は満足だった。

もう一つは、客や取引先がいないところでは、家族と奉公人には梟助と呼んで

もらうこと。当然のことだが、こちらも受け入れられた。

しかし、「梟助さん」と呼ぶのは伴侶《つれあい》のハマだけであった。

では、ハマの両親や奉公人が約束を守らなかったのかというと、そうではない。梟助さんと呼ばず、旦那さまと呼んだのだ。庄右衛門は呼びかけることをせず、用件だけを伝えるようになった。

そして義父の庄右衛門が隠居するとご隠居さま、梟助が大旦那さま、梟太郎が旦那さまと呼ばれるようになった。

もちろん、同業や取引先には梟右衛門である。

六

寄席通いの効果は、庄右衛門と善吉が期待していたより、はるかにおおきかった。

初めは洒落が、いや、言葉遊びや語呂《ごろ》合わせすらわからなかった。

「横丁の空き地に囲いができたね」

「へえ」

周りの客が笑ったが、なにがおかしいのか梟助には理解できなかった。

だが、さすがにその場ではハマに訊けないので、寄席が終演《はね》て店に帰り、蒲団に入ってから訊いた。

へえ、という言葉を聞いた客は、その囲いが塀囲いであり、「へえ」のひと言で、塀と囲いを掛けているのがわかっておもしろがるのだ、と噛んで含めるように教えた。

「へえ」

梟助のひと言にハマはくすりと笑いをもらしたが、わかっているのかしら、ではなく、この人は呑みこみが早いわ、と感心したのである。

寄席でなにがおかしいのか、なぜわらうのかを聞くほど野暮はないが、梟助もさすがにそれは心得ている。ハマが驚くのは、登場人物同士のどういう遣り取り、あるいは地の語りのどこで客が笑ったかを、梟助がはっきりと覚えていることであった。

夕食を終えてから寄席に向かうので、二人が聴ける演目は五つから、多くても七つくらいである。それだけ聴けば、笑いの数は無数にある。

梟助の質問は次第に少なくなり、ハマはこの人は段々とわたしを必要としなくなるのだ、と寂しさを感じることさえあった。と、これはのちにハマが打ち明けたことだ。

比例するように、梟助が笑う回数が増えていった。

次第に笑えるようになり、洒落や言葉遊びがわかるようになると、奉公人の日常会話にも、洒落や冗談が無数に飛び交っているのがわかる。他愛ないものも多い。いや、大部分が他愛ないのだが、以前はそれすらわからなかったのである。

梟助がよく笑うようになると、店の中が明るくなった。もともと美男子なのだ。奉公人がいつも笑顔で店の中が明るく、しかも主人は役者と見紛《みまが》うい男なのである。店はそれまで以上に繁盛するようになった。

ハマが選んだのは福の神だったのかもしれない、庄右衛門とトシはそんな話さえした。

読み書きができるようになると、梟助は熱心に本を読むようになった。言葉が、そして知識が増えてゆくのが楽しくてならない。

一読巻措《お》く能《あた》わずというが、まさに読み始めると止められなくなってしまう。同年輩の若旦那たちの本好きとも親しくなり、おもしろい本、いい本を貸し借りするようになると、急激に知識も増えていった。

するとおなじ落語なのに、以前は笑わなかった、いや、笑えなかった箇所で笑っているのに気付いた。わかればわかるほど楽しい、落語とは奥が深いものだと、しみじみと感じ入ったのである。

十五歳で喜作に弟子入りし、十七歳でハマと所帯を持ち、ほどなく梟太郎が生まれた。その後、娘、息子、娘、息子と、ハマは交互に産み分けて、三男二女の子宝に恵まれた。

自分たちはハマしか授からなかったのに、娘夫婦は五人の子宝を得たので、義理の両親はすなおに喜んでくれた。

年に二度、喜作親方が子方を連れてやって来る。

なにしろ梟助を説得して娘ハマの願いを叶えてくれたのだからと、庄右衛門とトシは下へも置かない。小間物もうんと安くしてもらえる。

梟助はそつなく接した。

喜作はいい商人になったと、さかんに持ちあげるが、梟助は内心では「気楽なあんた方がどれだけいいことか」と思っていた。

梟助は喜作にはなにも言わなかった。喜作は田圃持ちの百姓。百姓から見ると頭振は、人間以下なのだ。話して気持がわかってもらえるとは思えない。頭振のことを考えろ、贅沢を言うな、そう言われるのが関の山だ。

齢を重ねるに従って、あれこれわかってくる。

隠居という言葉と存在を知ったのは、ハマといっしょになって何年目のことだったろう。そうか、その手があった。隠居になろう。それもなるべく早く、と決意した。

もちろん隠居にもピンからキリまである。いい隠居になろうと、ひたすら考えた。そのためには、美弥古屋の地盤を揺るぎないものにせねばならない。同時に梟太郎を一日も早く、一人前の商人に育てることだ。

そしてほぼ計画通り行った。梟太郎が二十二歳のとき店を譲ったが、梟助は四十歳の不惑。計算ちがいはその前年、四十六歳でハマが亡くなったことであった。

息子に店を継がせてから、することは決めていた。鏡磨ぎである。

鏡磨ぎには二種類がある。かつて梟助が加わっていたような出稼ぎの一団だ。親方と子方が盃を交わして組を作り、常に行動をともにするのである。

それとはべつに、川柳に「鏡とぎ若い男をついに見ず」と詠まれるような、一人でお得意先を廻る老人がいる。梟助がなろうとしたのはそちらだった。

鏡磨ぎのやり方はわかっている。短い期間ではあるが、真剣に取り組んだのだ。

道具も捨てずに持っていた。

三十歳で中年、四十歳で初老、五十歳で老人と呼ばれた時代ではあるが、四十歳の梟助はまだまだ若い。その若い梟助が、息子に店を任せるなり、毎日、どこへともなく姿を消し、夕刻になるとふらりともどる。

梟太郎は隠女《かくしおんな》を囲っていて、母の元気なころから通っていたのではないかと疑った。ところが梟助が家を空けたという記憶はない。夜も暇ができると母と寄席に出掛けたが、一人で抜け出したなどということもついぞなかった。

とすれば梟助はなにをしているのか。

隠居らしい身装《なり》で店を出ると、半里（二キロメートル弱）ぐらい離れた隠れ家に向かう。隠れ家を毎月変えているのは、梟太郎がだれかに尾行させるとか、なにかの偶然で発覚するのを避けるためである。

隠れ家の二階にあがって着替える。着ていれば着物でも、脱げば襤褸《ぼろ》としか言いようのない鏡磨ぎの作業着、よれよれの烏帽子、薙刀草履《なぎなたぞうり》など、そして道具一式を預けてある。仕事が終われば着替えて隠居にもどり、店へ帰るのであった。

梟助の毎日は充実している。楽しくてならない。話を楽しみにしている人に話してあげるし、聞いてもらいたいと思っている人の話を聞いてあげる。

お得意さんの家や店に行って知った秘密だけでなく、どんな些細なことであろうと、見ざる、聞かざる、言わざるで通すこと。つまり三猿に徹することさえ守れば、だれに気兼ねすることもないのだ。

ハマといっしょになっても、寄席に通わなかったら、商人なんぞは続けられず、今日の自分はなかっただろう。それだけはたしかだ。商家の入り婿になったのだからと、ひたすら商いに励んで一応の評価も受けはしたが、どうしても好きになれなかったし、商人が嫌いでならなかった。

厭な商人に自分が染まって行くのを感じて、たまらなく哀しくなったこともある。

ハマと寄席、そして書物が救ってくれたのだ。

七

それにしても、ハマとの寄席通いは楽しかった。それだけでなく、意外な効果があったのだ。

ともかく二人で、ほとんど毎日寄席に通うのが、仲睦《むつ》まじいと評判になり、感じがいいので店に行ってみようかしらという女性客が増え、店に行くとやはりいい店だと次第に客が、離れた町からも来るようになった。

あれはいっしょになって何年目のことだったか。ある日、例によって二人で寄席に行った。

途中から梟助が笑わなくなったのに、ハマも気付いたようだ。

「どうなさいました。お加減でもお悪いの」

「いいや、そうじゃありませんが」

「でも、お顔の色もなんだか」

「では、今夜はもう出るとしましょう」

うなずくとハマは下足番のじいさんに履物をもらい、二人は木戸を出た。ゆっくりと歩く。こんなときハマはあれこれ訊かず、黙って梟助が喋り出すのを待つ。

寄席から店までは二町（二百二十メートル弱）ほどだが、半分ほど歩いて、梟助がぽつりと言った。

「わたしは庭蟹《にわかに》だったのだね」

ハマは思わず立ち止まって夫の顔をちらりと見たが、さり気なく歩き始めた。

そう言われれば、梟助が黙ってしまったのは、噺家《はなしか》がマクラ小咄《こばなし》の「庭蟹」を語ったころからだったのを、ハマは思い出した。

「それで気を悪くなさったの」

「反対ですよ。今のわたしがあるのは、いやまだまだ半人前だけど、商人みたいな顔をしていられるのは、おハマさんのお蔭だと、しみじみと思ってね。それで笑うのを忘れてしまった」

「よしてください。おまえさんが血のにじむような努力をなさったからですよ。それにわが女房を、さん付けで呼ぶなんて」

「わたしはまさに庭蟹だったんだね。それも手の施しようのないほどの」

「そんなことありませんって。それに早かったですよ。たしかに最初は、おややと思ったこともありましたけど」

「庭蟹のわたしを曲がりなりにも、商人らしくしてくれたのだから、並大抵の苦労ではなかっただろうと思うと」

「苦労だなんて。その逆で、楽しくて、うれしくてなりませんでしたよ」

「そう言ってくれると」

「だって、いっしょにいられて、笑って、お話ができるんですもの」

店のまえに着いていた。

「庭蟹」はこんな小咄である。

番頭が洒落《しゃれ》の名人だと聞いた堅物の旦那が、一つやってくれと頼む。庭を這う蟹を見た番頭が「ニワカニは洒落られません」とやったが、旦那にはさっぱりわからない。

「ではこの衝立《ついたて》で洒落てくれ」

「衝立二日三日」

「なんだってそんなバカなことを言うのだ。それはついたち、ふつか、みっか、だ」

それが洒落だと人に言われた旦那、あれで洒落ていたのなら番頭に悪いことをした。もう一遍洒落てもらってほめてやろうと、

「ああ、番頭洒落てくれ」

「どうも旦那のようにそう早急におっしゃられちゃ、洒落られません」

「いやあ、うまいなあ」

小僧に開けてもらうために潜り戸を叩こうとして、梟助は止めると振り返り、薄暗い中でしみじみとハマを見た。

「おまえといっしょになるよう言われて、わたしはどうしても厭だと断ったのですよ。断らなくて本当によかったと、今では思っています。なぜ断ったかと言いますとね」

「とうとう話してくださるのね。一度お聞きしたいと思っていましたが、なぜか怖くてできませんでしたの」

「自分は商人には向かない。いや、絶対になれっこないと、思いこんでいたからです」

「そうでしたか」

いくら女房とは言え、商人の家に生まれたハマに、商人が大嫌いだったからだとは言えない。

「だから田舎者のわたしといっしょに寄席に通い、なにがおもしろいか、なぜおもしろいかを、ひとつひとつていねいに絵解きしてくれたおハマさんには、心から感謝しているのです。おかげで洒落もわかるようになり、洒落の一つも言えるようになって、同業や取引先の旦那衆とも、なんとかお付きあいできるようになりました。どれだけ感謝していることか」

ハマは無言のまま、じっと梟助を見ている。

「どうしました」

「泣かさないでくださいまし」

「なにか、ひどいことを言いましたか」

「涙が止まらないじゃありませんか」

「これはたいへんなことになりましたよ。生まれて初めて、女の人を泣かせてしまいました」

梟助は懐から手拭を出すと、ハマに手渡した。ハマは出しかけていた自分の手巾《しゅきん》を、そっと袂《たもと》に落とした。

ハマが涙を拭くのを見ながら、梟助はつぶやいた。

「だれか見ているといいのですが、そう都合よくはいきませんね」

「なぜですの」

「小間物屋の梟助は入り婿だから、女房おハマさんの尻に敷かれているとみんなが噂しているけれど、それは人がいる所だけらしいぞ。本当は筋金入りの亭主関白らしい。だれも見てないからって女房を泣かせている。こいつぁ、たまげた」

「そんなこと、まさか夢見ているのではないでしょうね」

「糊屋のばあさんが、通りかかるといいのですがね」

「なぜですの」

「明日の昼までに、いや四ツ（十時）には、わたしが亭主関白だということを、町内で知らない者はいなくなります」

「おまえさま、梟助さん。あなたは庭蟹なんかではありませんよ。だってそんな冗談が言えるんですもの」

「隠居になったわたしが、なぜ鏡磨ぎなどするのか、梟太郎には理解できないだろうね」

「はい、できませんでした、今までは。しかしお話を伺って、少しはわかるようになりましたよ」

離れの隠居所の一室で、父子は静かなときを過ごしていた。

「おまえに美弥古屋を譲って隠居しようと決めたとき、鏡磨ぎ以外のことは考えられなかった」

はるかな昔を思い出そうとでもするように、梟助は天井の辺りに目をやったが、焦点はあっていなかった。
　夕焼け雲の反照だろう、障子が赤みを帯びていた。
「おまえは笑うかもしれないがね。わたしはハマに初めて鏡を磨いでやったとき
のことが、忘れられないのだよ。いつもとまるでちがうと、鏡を覗きこみながら
ハマは言った。なんだか活き活きとして、楽しそう。自分のこんな顔を見るの、
初めて、と目を輝かせたのだ」
「はっきりと覚えているのですね」
「わたしが磨いだ鏡を見た人がね、映った自分に、これまでなかった、気付かな
かったことを、見付けることができるかもしれない。そう思うだけで楽しいので
すよ」
「よくぞ話してくれました。もうなにも申しません。もし父さんが鏡磨ぎをして
いたと言う人がいたら、世の中には、そっくりな人が三人いると言いますから、
と言ってやりますよ」
　陽が傾いたらしく、障子の明るさが強くなったようだ。
「それでもしつこく言う人がいたら、あなたにそっくりな人が出会い茶屋から出
て来るのを見ましたが、多分、人ちがいなんでしょうね。いや、奥さまにそっく

りな人が出会い茶屋から、のほうが効きそうですね」

「梟太郎に打ち明けてよかった。本当によかったと思いますよ」

「これからは、こそこそしなくても、堂々とやってもらってかまいません。なにも隠れ家なんか作らなくて、店から仕事に出ればいいじゃないですか」

「道楽はね、隠れてするから楽しいのです」

「かなわないな、父さんには」と笑ったあとで、梟太郎は少し寂しそうな顔になった。「それにしてもわたしは、父さんが厭がる商人の典型でしたね」

「そうだな。商人らしい商人だ。だが商人であるまえに、梟太郎はわたしの、梟助の大事な息子だよ」

ちちちと啼いたのは、塒《ねぐら》に帰る雀だろうか。

あとがき

野口　卓

ドイツで人気の民話集に、『ティル・オイレンシュピーゲルの愉快ないたずら』がある。主人公のティルが、金持、僧侶や貴族などの権威ある連中を、いたずらでギャフンと言わせる痛快な物語だ。ある種のトリックスターと言っていいだろう。

藤代幸一訳によるこの書を読んだのは、三十五年もまえのことであった。

わたしは二〇一一年に『軍鶏侍《しゃもざむらい》』で時代小説家としてデビューしたが、ある日、突然この書名が記憶の底から浮上してきた。どうしてそんな過去に読んだ本を思い出したのか、ふしぎでならなかった。

おそらく潜在意識の為せる業だろう。これを時代小説として書けば、おもしろいのではないかと直感したにちがいない。書きたいと思ったのは、主人公の名前のためだと思う。オイレンは梟《ふくろう》でシュピーゲルは鏡の意味だが、となると梟倶楽部《クラブ》の会員であるわたしとしては、見逃す訳にいかないとの気持が働いたはずだ。執筆を思い立った瞬間に、タイトル『鏡梟太郎《きょうたろう》行状記』が決まった。

さっそく構想に掛かったものの、実際に始めてみると制約が多すぎる。

下級武士を主人公にしようと思っていたが、金持の町人や僧侶などが相手ならいたずらを仕掛けられるし、ギャフンと言わせられるものの、身分ある武士に対してはむりがある。場合によっては切腹もので、となれば物語がそこで頓挫してしまう。と言って庶民が対象ではおもしろくない。

さらに執筆中の「軍鶏侍」と「北町奉行所朽木組」という、二つのシリーズの主人公が下級武士なので、似通った部分が出てしまう可能性があった。かといって中級や上級の武士では、いたずらとそぐわないのである。

思い切って身分や職業を変えるしかなかった。しかし、いくら頭をひねっても案が出てこない。

頭を抱えていたが、「窮すれば通ず」で越中氷見《ひみ》の鏡磨《と》ぎ師に関する資料と巡りあった。

当時の鏡は銅製なので、半年もすれば鏡面が曇って映らなくなる。そのため能《の》登《と》や氷見のお百姓が、親方と子方五、六人のグループで鏡磨ぎの稼ぎ旅に出ていた。

以下は柳家小満ん師匠の「解説」と、一部ダブる部分もあるがご了承いただきたい。

江戸の中期になると鏡が大量生産されるようになり、安価になったことで急速に普及した。鏡台に置いて映す主鏡《おもかがみ》と、それに後頭部を映す合わせ鏡がセットになっている。さらに携帯用の手鏡という三点を、たいていの女性が持っていた。そのため、鏡磨ぎという職業が成立したのである。

旅は夏冬の農閑期にそれぞれ二ヶ月以上、年間で百三十五日にも達した。この農閑期が好都合なことに、ちょうど鏡が曇る半年置きと合致する。

客は女性なので、白粉《おしろい》、紅、櫛《くし》、笄《こうがい》、簪《かんざし》などを江戸や京都の名店で買ってほしいと頼まれることが多い。そのため稼ぎ旅の終わりに小間物屋に寄ってそれらを買うし、良い品があれば買っておいて勧めもするだろう。

鏡が曇って困るのは女性ならだれしもおなじで、身分に関係はない。

京都では御所にも出入りしていたし、江戸では大名屋敷や大身旗本の屋敷もお得意である。大店《おおだな》のご隠居さま、奥さま、お嬢さまの鏡を磨ぐかと思うと、町を流していて声を掛けられたら、道端や土間の片隅でも仕事をした。

稼ぎ旅のグループとは別に、江戸などの大都会では一人で得意先を廻る、老人の鏡磨ぎがいたこともわかった。黙々と仕事をして、終われば安い磨ぎ賃をもらう、みすぼらしい身装《なり》の老人だ。

ところが半年に一度やって来る老鏡磨ぎを、心待ちにしている人たちがいるとしたら……という辺りから空想が拡がり、この物語が生まれた。

なぜ待たれているか。話題が豊富で、内容がおもしろく、話が楽しいからだ。鏡磨ぎ職人がなぜ、とだれもがふしぎに思う。落語を頻繁に引用するので、噺家《はなしか》だったのではないかとか、もとは武家だな、などと贔屓《ひいき》たちが詮索するが、じいさんは笑ってはぐらかす。

その謎解きに関しては、最後の「庭蟹《にわかに》は、ちと」で明かしているので、納得していただけるのではないかと思う。

以上が、この奇妙な物語集が生まれた経緯《いきさつ》であり、背景であり、著者の考えがいかに変化して、ここに至ったかの言い訳でもある。

なおタイトルも変更になった。

ところで、シュピーゲルが鏡だということはわかったが、オイレンはどうなったのか、と問われるかもしれない。そこは梟助の名に免じて、大目に見ていただきたいと思う。

最後になったが、ぜひ書いておかねばならないことがある。

わたしにとって、江戸の空気を一番感じさせてくれる噺家が柳家小満ん師匠だ。その師匠に解説文を書いていただき、こんなに嬉しいことはない。

実は師匠の高座を聴いていて、執筆の要諦はこれだと閃いたことがあった。噺家は、言葉は当然だが、表情、特に目で聴き手に訴える。説明すればすむところを、言葉を極力切り詰めるので、語らなかった部分を聴き手が想像して補う。想像することによって落語に参加することになり、噺家と聴き手が噺を共有できるのだ。

イメージするということは、噺家とおなじ空間を持つ、持てるということだろう。江戸の空気を感じさせてくれると、多くの人が小満ん師匠を評すのは、聴き手に想像させる力がそれだけ強いということにほかならない。

高座を聴いて啓示を受けたわたしは、書きすぎないこと、説明しないこと、説明しなければならないときは最少に留めることを、常に心掛けるようになった。読者から、「読んでいて情景が目に浮かびました」とか、「登場人物の声が聞こえたような気がしました」などと言っていただくと、本当に嬉しい。小満ん師匠に一歩近付けたかなと、錯覚かもしれないが、そのように思えるからである。

これから時代小説を書こうとしている方には、落語を聴かれるようお薦めする。テープやCDでもいいが、できれば寄席とか独演会に足を運んで、ナマの落語に接してもらいたい。理由は師匠の解説にある、番頭さんの言葉に集約されていると思う。

わたしたち現代人は、歴史としての江戸時代に関してはある程度の知識がある。しかし人々の日々の生活については、ほとんど知らないと言ってもいいと思う。落語がその多くを教えてくれる。わたしたちが便利さを得るために斬り捨てて来た、多くの大切なものを思い出させてくれるのだ。わたしたちは金銭的、物質的な豊かさが心の豊かさに直結すると、ひたすらそれを追い求めて来た。それらの多くを手に入れることができた今、心の豊かさを得られただろうか。

物はなくて不便であっても、余裕をもって周りを見廻せるのは、心が豊かなればこそできることだと思う。

寄席は「無学者の手習い所」とも、「庶民の寺子屋」とも呼ばれるが、現代人にとっては、江戸の空気に触れることのできる「心の大学」ではないだろうか。

解説

柳家小満ん

野口卓さんは、あたしの隔月の独演会に毎回おいで下さって、いつも優しい笑顔でお帰り戴いている。その野口さんの新作『ご隠居さん』の解説文とのお話で、今度はあたしの方から嬉しい顔をお返しする番だ。

新作の解説の前に、簡単に作者のこれまでに触れさせていただく。

デビュー作『軍鶏侍《しゃも》』に対する驚きは大変なものであった。南国の園瀬藩《そのせ》を舞台にしているが、主人公が軍鶏を飼っており、闘鶏から秘剣を編み出したとの設定である。

闘鶏は一度だけさるお宅で見せて戴いた事があり、その時の情景が鮮やかによみがえった。軍鶏・闘鶏の逐一から、剣術道場の物語へとぐいぐいひきこまれていき、読後は名横綱双葉山が六十九連勝で終わった時の電文「ワレイマダモッケイ（木鶏）タリエズ」の逸話にも思いが至った。

『軍鶏侍』は第六作まで続いており、最近では講釈師や俳諧師も登場して多彩な展開を見せている。単行本の『遊び奉行』も同じ園瀬藩が舞台で、盆踊りに〈踊連〉が出てくるので園瀬の所在地がより鮮明になってきた。文庫本の『猫の椀』は時代小説短編集で、表題の「猫の椀」は落語に「猫の皿」があることもあり、興味津々であった。

別の版元から出た『闇の黒猫』は「北町奉行所朽木組」の副題が示す通り、江戸を舞台とした同心・岡っ引物である。二作目の『隠れ蓑』は〈軍鶏侍〉の六作目『危機』と同月に刊行されており、その健筆ぶりにも驚かされた。

今般の『ご隠居さん』は又々別な書肆《しょし》からの出版とあって、野口卓さんへの引きが如何に強いかという事で、あたしにとっても〈こぼれ幸《さいわい》〉とも云うべき慶事である。


物語の主人公は、鏡磨《と》ぎ師という特殊な仕事を生業《なりわい》とする職人で、明治になって姿を消したために説明が必要だろう。

昔の鏡は銅製だった。半年くらいで曇って映らなくなるため、鏡磨ぎ職人が得意先を磨いで廻っていた。能登《のと》や富山の氷見《ひみ》のお百姓さんが親方と子方五～六人で組を作り、冬と夏の農閑期に稼ぎ旅に出る。それとは別に、江戸のような大都会では、一人で得意先を廻る老人の鏡磨ぎ職人がいた。

鏡磨ぎは客から白粉《おしろい》、紅、櫛、笄《こうがい》、簪《かんざし》などを頼まれることが多いので、稼ぎ旅の終わりに、江戸や京都の小間物屋でそれらの品を買い求める。

主人公の梟助《きょうすけ》は稼ぎ旅の子方だったが、江戸の小間物屋の一人娘に見初《みそ》められて婿養子になる。頭を抱えたのは義父であった。なにしろ無筆の田舎者を、一人前の商人に仕立てねばならないのだ。仕事に関しては、店は番頭にまかせて義父が付きっきりで教えるが、問題は言葉であった。

番頭に相談すると「だったら寄席がいいでしょう」とのこと。武家、商人、職人などあらゆる人物が落語の主人公なので、それぞれの言葉使いがよくわかる。お礼の述べ方、喧嘩の仕方、謝り方、悔やみの言い方なども覚えられる。また噺《はなし》家《か》は川柳や狂歌、諺《ことわざ》などを頻繁に引用するので、本音と建て前などが自然に身に着く、なにしろ「寄席は無学者の手習い所」というくらいだ。

昼間、義父に商売《あきない》を学んだ梟助は、早目の夕食を済ませると新妻と毎夜寄席に通う。周りの客がなぜ笑っているのかさえわからなかったが、新妻に教えられて、急速に洒落《しやれ》や粋がわかる商人に成長する。また読み書きを覚えた梟助は熱心に本を読むようになるが、なぜなら知識が得られるのがうれしくてならないからだ。

商家の婿になったものの、商人や商売が厭でならなかった梟助は、息子が一人前になると店を譲り隠居する。残念だったのは、その直前に妻を亡くしたことであった。

隠居した梟助は、家族や奉公人には内緒で鏡磨ぎを始めた。客は女性だが、旗本や商家の若旦那なども贔屓《ひいき》になって、梟助が来るのを楽しみにしている。落語好きで読書家の梟助は、話題が豊富だし、話が面白いからである。

楽隠居なのに鏡磨ぎをするのは、亡妻の言葉が忘れられなかったから……との設定が実にいいし、納得できるものとなっている。

ともかく旗本や大商人の屋敷に出入りするかと思うと、声が掛かれば路傍や薄暗い土間でも仕事をする。そのため、あらゆる階層の老若男女と接することができるし、いろんな人に話すだけでなく、話を聞くこともできるのだ。また人情ものだけでなく、ホラー、滑稽、ファンタジーなどバラエティ豊かに、どんな内容でも書けるということにもなり、今後どのような話が紡《つむ》ぎ出されるかが楽しみである。

今回は「三猿《さんえん》の人」「へびジャ蛇じゃ」「皿屋敷の真実」「熊胆《ゆうたん》殺人事件」「椿の秘密」「庭蟹《にわかに》は、ちと」の六作。落語の演目がタイトルに絡んだ作が二作あるし、「熊胆～」と「椿の人～」以外は落語絡みとなっているのも嬉しい。

個々の作品について軽く触れておこう。

最初の一篇「三猿の人」では、まず鏡磨ぎの仕事ぶりが語られている。汚れや曇り方の度合いによって異なるが、錆《さび》てしまった場合は、鑢《やすり》で表面をごくわずかではあるが削る。さらに砥石《といし》や極めて微細な仕上げ砥石、朴炭《ほおずみ》で磨ぎあげるのである。

そして、柘榴《ざくろ》、酢漿草《かたばみ》、梅などの酸を出す植物で油性の汚れを除き、錫《すず》と水銀の合金を塗って簡単な鍍金《メッキ》を施した。

との説明があって、そんな仕事ぶりを見ながらお得意先の後家さんが、梟助から何かと楽しい話を聞き出そうとするのである。

鏡磨ぎいっちしまいに毒をもり

という江戸川柳があって、右の説明で納得がいった。毒は鍍金用の水銀であったのだ。

第二話の「へびジャ蛇じゃ」では、梟助さんの話し相手は商家の若旦那だ。

「今日は巳年に因んで、蛇の話をしてもらおうと思って、お待ちしていたんですよ」

という注文に応えて、興味津々の話が次々と披露される。落語、民話、故事から中国の小説まで、まさに蛇だらけを示す表題も愉快だ。蛇足の謂われもあって、甚だ恐縮なのだが、川柳にはこんなのもある。

　蛇責めをあぐらで話す鏡磨ぎ

加賀前田家の御家騒動で老女浅尾が蛇責めの拷問にあう話が講談にあり、これは鏡磨ぎに加賀者が多いという前提での穿ちである。

第三話は「皿屋敷の真実」で、やはり川柳に、

　鏡磨ぎお菊が事をはなしかけ

というのがあるが、「お菊の皿」の話題を大きく膨らませて幾つにも散らし、最後に枝垂《しだ》れになる花火のような展開を見せてくれる。又この章では鏡作りの工程も述べられているので、お浚いのつもりで中抜きで書き写してみる。

（略）鏡面は真っ平だが、裏面に文様が彫られている。文様の盛りあがりは、雌型では窪みとなっていた。粘土に箆《へら》で直接に描いていくのだが、これに多大な時間が取られる。

完成後、この雌型に鎔《と》かした純良な白銅を注いで鋳造するのだ。雌型を壊して鏡を取り出し、鏡面を磨いて作るので、一点かぎりとなる。これが誂《あつらえ》だ。

完成した鏡を粘土の上に置き、足で強く踏みつけて陰刻鋳型をいくつも作り、乾かして銅を流しこむと無数の複製が作れる。（略）

「誂」から複製したのが「似《にたり》」で、ほぼ誂に似ているとの意味である。さらに複製すれば「紛《まがえ》」、次が「本間《ほんま》」、「又《また》」、「並《なみ》」、「彦《ひこ》」と七段階に複製されるが、次第に粗悪になるのはやむを得ない。（略）

鏡は主《おも》鏡と合わせ鏡が二面一組として扱われるが、誂は二面で二十両くらい、それが最下位の彦では一分と、八十分の一になってしまうのである。

ちなみに第二位の「似」は三両で、一点ものの「誂」がいかに値打ちがあるか、わかろうというものだ。……という次第である。

次の「熊胆殺人事件」は、ご大身《たいしん》の旗本の殿様が話し相手で、熊の胆売《い》り殺人事件の一件落着までの活写な語りに、殿様が梟助の素性を詮索して、「こういうのはどうだ。武家の生まれで、止むを得ぬ事情で商家に婿入りし、これまたなにかの理由で、その座を投げ出し鏡磨ぎになった。突飛すぎるか」との推理には梟助も内心舌を巻いている。

熊胆は薬種の中の国家老

朝鮮人参が藩主なら、熊胆は国家老といったところだろう。

第五話の「椿の秘密」は、八百歳まで生きて肌も麗《うるわ》しかったという、若狭《わかさ》の八《や》百比丘尼《おびくに》に因んだ幻想物である。川柳には、

若狭の比丘尼八百は嘘でなし

とある。

第六話の「庭蟹は、ちと」で梟助の素性がはっきりする。それは倅《せがれ》の梟太郎に問い詰められての述懐であった。そしてこれまでの章にも幾つも落語が要領よく紹介されているが、この〆《しめ》の章では小咄《こばなし》「庭蟹」を乙な言葉として使ってくれている。

　惜しいかな洒落の分からぬ男にて

という川柳が「庭蟹」の端的な穿ちだ。

以上、川柳に頼っての駄文と成ってしまった。それにしても野口さん、寄席の効用と落語のお薦めを有難う。

『ご隠居さん』続編を楽しみにしております。

　彦なれど鏡の裏に梅の花　小満ん

（落語家）

主な参考文献

赤井孝史著「氷見の村と鏡磨」（園田学園女子大学歴史民俗学会編『「鏡」がうつしだす世界―歴史と民俗の間―』所収）（岩田書院）
青木豊著『和鏡の文化史―水鑑から魔鏡まで―』（刀水書房）
鈴木棠三編『新装版日本職人辞典』（東京堂出版）
筒井功著『ウナギと日本人――〝白いダイヤ〟のむかしと今――』（河出書房新社）
黒木真理編著『ウナギの博物誌――謎多き生物の生態から文化まで』（化学同人）
太田雄治著『消えゆく山人の記録　マタギ』（翠楊社）
後藤興善著『又鬼と山窩』（批評社）
松山義雄著『（正・続）狩りの語部　伊那の山峡より』（法政大学出版局）
百井塘雨著「笈埃随筆」（日本随筆大成編輯部編『日本随筆大成　第2期　12』所収）（吉川弘文館）
杉本苑子著「八百比丘尼」（『流されびと考』所収）（文藝春秋）
伊藤篤著『日本の皿屋敷伝説』（海鳥社）　※井伊家にまつわる伝説に関しては、ほぼ引用させていただいた。

河竹黙阿弥著「新皿屋舗月雨暈」（『名作歌舞伎全集　第23巻』所収）（東京創元社）
四代目旭堂南陵編　堤邦彦編『番町皿屋敷』（国書刊行会）
岡本綺堂著「番町皿屋敷」（『岡本綺堂読物選集2』所収）（青蛙房）
武藤禎夫編『江戸小咄類話事典』（東京堂出版）
東大落語会編『増補落語事典』（青蛙房）
矢野誠一『落語手帖』（講談社＋α文庫）

文春文庫

ご隠《いん》居《きょ》さん

定価はカバーに
表示してあります

2015年4月10日　第1刷

著者　野《の》口《ぐち》卓《たく》
発行者　羽鳥好之
発行所　株式会社 文藝春秋

東京都千代田区紀尾井町 3-23　〒102-8008
TEL 03・3265・1211
文藝春秋ホームページ　http://www.bunshun.co.jp

落丁、乱丁本は、お手数ですが小社製作部宛お送り下さい。送料小社負担でお取替致します。

印刷製本・凸版印刷

Printed in Japan
ISBN978-4-16-790341-1

（　）内は解説者。品切の節はご容赦下さい。

井川香四郎
月を鏡に
樽屋三四郎　言上帳

借金を返せない武士が連れて行かれたのは寺子屋。「子どもを教えろ」という貸主の背後には陰謀が渦巻いていた。樽屋には今日も江戸中から揉め事が持ち込まれる。三四郎シリーズ第4弾。

い-79-4

井川香四郎
福むすめ
樽屋三四郎　言上帳

貧乏にあえぐ親が双子の姉妹の姉だけ吉原に売った。長じて再会した時、姉は盗賊の情婦だった。「吉原はつぶすべきです！」庶民の幸せのため奉行に訴える三四郎。熱いシリーズ第5弾。

い-79-5

井川香四郎
ぼうふら人生
樽屋三四郎　言上帳

川に大量の油が流れ出た！　大打撃を受けた漁師たちが日本橋の樽屋屋敷に押しかけた。被害を抑えようと、率先して走り回る三四郎だったが、そんな時――男前シリーズ第6弾。

い-79-6

井川香四郎
片棒
樽屋三四郎　言上帳

富籤で千両を当てた興奮で心臓が止まった金物屋。死体を運ぶことになった駕籠かきの二人組は事件に巻き込まれる。金のために人を殺めるのは誰だ？　正念場のシリーズ第7弾。

い-79-7

井川香四郎
雀のなみだ
樽屋三四郎　言上帳

銅吹所からたれ流される鉱毒に汚された町で体調不良に苦しむ町人。「こんな雀の涙みたいな金で故郷を捨てろというのか！」大規模な問題に立ち向かう三四郎。シリーズ第8弾。

い-79-8

井川香四郎
夢が疾《はし》る
樽屋三四郎　言上帳

落語家の夫に絶望して家出した女房の前に、役者のようなイケメンが現れる。「目の前の人を救うことから社会は良くなる」信念を持つ三四郎は夫婦のために奔走する。シリーズ第9弾。

い-79-9

井川香四郎
長屋の若君
樽屋三四郎　言上帳

深川の長屋に、「若」と呼ばれ住人に可愛がられる利発な少年が住んでいる。しかし彼を手習い所で教える佳乃には気がかりなことが。子供が幸せに育つ町を作る！　シリーズ第10弾。

い-79-10

（　）内は解説者。品切の節はご容赦下さい。

井川香四郎
かっぱ夫婦
樽屋三四郎　言上帳
ガラクタさえも預かる質屋を営み、店子の暮しを支える長屋の大家夫婦。だが悪徳高利貸しが立ち退きを迫り――。敢然と立ち上がった三四郎の痛快なる活躍を描く、シリーズ第11弾。
い-79-11

風野真知雄
耳袋秘帖
妖談うしろ猫
名奉行根岸肥前守のもとに、伝次郎が殺されたとの知らせが入る。下手人と目される男は「かのち」の書き置きを残して、失踪していた。江戸の怪を解き明かす新「耳袋秘帖」シリーズ第一巻。
か-46-1

風野真知雄
耳袋秘帖
妖談かみそり尼
高田馬場の竹林の奥に棲む評判の美人尼に相談に来ていたという女好きの若旦那が、庵の近くで死体で発見された。はたして尼の正体とは。根岸肥前守が活躍する、新「耳袋秘帖」第二巻。
か-46-2

風野真知雄
耳袋秘帖
妖談しにん橋
「四人で渡ると、その中で影の消えたひとりが死ぬ」という「しにん橋」の噂と、その裏にうごめく巨悪の正体を、赤鬼奉行・根岸肥前守が解き明かす。新「耳袋秘帖」シリーズ第三巻。
か-46-3

風野真知雄
耳袋秘帖
妖談さかさ仏
処刑寸前、仲間の手引きで牢破りに成功した盗人・仏像庄右衛門は、下見に忍び込んだ麻布の寺で、仏像をさかさにして拝む不思議な僧形の大男と遭遇する――。新「耳袋秘帖」第四巻。
か-46-4

風野真知雄
耳袋秘帖
妖談へらへら月
年の瀬の江戸で、「そろそろ、月が笑う」と言い残して、人がいなくなる「神隠し」が頻発し、その陰に「闇の者」たちと幕閣の危険な動きが……。「妖談」シリーズ第五巻。
か-46-11

風野真知雄
耳袋秘帖
妖談ひときり傘
雨の中あでやかな傘が舞うと人が死ぬ――。毛の雨が降り、川が血の色に染まる江戸の〝天変地異〟と連続殺人事件の謎に根岸肥前が迫る！　「妖談」シリーズ第六巻。
か-46-20

（　）内は解説者。品切の節はご容赦下さい。

藤井邦夫
養生所見廻り同心　神代新吾事件覚
淡路坂

孫に付き添われ養生所に通っていた老爺が若い侍に理不尽に斬り捨てられた。権力の笠の下に逃げ込んだ相手に、新吾は命を賭した闘いを挑む。その驚くべき方法とは？　シリーズ第四弾。

ふ-30-4

藤井邦夫
養生所見廻り同心　神代新吾事件覚
人相書

神代新吾事件覚シリーズ第五弾。南蛮一品流捕縛術を修業する、若き同心が、事件に出会いながら成長していく姿を描く痛快作。人相書にそっくりな男を調べる新吾が知った「許せぬ悪」とは!?

ふ-30-7

藤井邦夫
秋山久蔵御用控
神隠し

「剃刀」の異名を持つ、南町奉行所吟味方与力・秋山久蔵の活躍を描く、人気シリーズ第一作が文春文庫から登場。江戸の悪を、久蔵が斬る!!　多彩な脇役も光る。

ふ-30-6

藤井邦夫
秋山久蔵御用控
帰り花

南町奉行所与力・秋山久蔵の活躍を描くシリーズ第二作。久蔵の義父が辻斬りにあって殺された。調べを進めるとそこには不可解な謎が。亡妻の妹の無念を晴らすため久蔵が立ち上がる！

ふ-30-8

藤井邦夫
秋山久蔵御用控
迷子石

〝迷子石〟に、尋ね人の札を貼る兄妹がいた。探しているのは、押し込みを働き追われる父。探索を進める久蔵は、押し込み犯の背後にさらに憎むべき悪党がいると睨む。シリーズ第三弾。

ふ-30-9

藤井邦夫
秋山久蔵御用控
埋《うず》み火《び》

掘割に袋物屋の内儀の死体が上がった。内儀は入り婿と離縁しておりそれが原因と思われたが、元夫は係わりがないらしい。久蔵は、離縁の裏に潜んでいるものを探る。シリーズ第四弾。

ふ-30-10

藤井邦夫
秋山久蔵御用控
空《うつ》ろ蟬《ぜみ》

隠密廻り同心が斬殺された。久蔵は事件の真相を追って〝無法の地〟と呼ばれる八右衛門島に潜入した。そこで彼の前に現れた、伽羅の匂いを漂わせる謎の女は何者か。シリーズ第五弾。

ふ-30-12